Zülfukar Çetin, Heinz-Jürgen Voß

Schwule Sichtbarkeit – schwule Identität

Die Reihe »Angewandte Sexualwissenschaft« sucht den Dialog: Sie ist interdisziplinär angelegt und zielt insbesondere auf die Verbindung von Theorie und Praxis. Vertreter_innen aus wissenschaftlichen Institutionen und aus Praxisprojekten wie Beratungsstellen und Selbstorganisationen kommen auf Augenhöhe miteinander ins Gespräch. Auf diese Weise sollen die bisher oft langwierigen Transferprozesse verringert werden, durch die praktische Erfahrungen erst spät in wissenschaftlichen Institutionen Eingang finden. Gleichzeitig kann die Wissenschaft so zur Fundierung und Kontextualisierung neuer Konzepte beitragen.

Der Reihe liegt ein positives Verständnis von Sexualität zugrunde. Der Fokus liegt auf der Frage, wie ein selbstbestimmter und wertschätzender Umgang mit Geschlecht und Sexualität in der Gesellschaft gefördert werden kann. Sexualität wird dabei in ihrer Eingebundenheit in gesellschaftliche Zusammenhänge betrachtet: In der modernen bürgerlichen Gesellschaft ist sie ein Lebensbereich, in dem sich Geschlechter-, Klassen- und rassistische Verhältnisse sowie weltanschauliche Vorgaben – oft konflikthaft – verschränken. Zugleich erfolgen hier Aushandlungen über die offene und Vielfalt akzeptierende Fortentwicklung der Gesellschaft.

Band 7
Angewandte Sexualwissenschaft
Herausgegeben von Ulrike Busch, Harald Stumpe,
Heinz-Jürgen Voß und Konrad Weller,
Institut für Angewandte Sexualwissenschaft
an der Hochschule Merseburg

Zülfukar Çetin, Heinz-Jürgen Voß

Schwule Sichtbarkeit – schwule Identität

Kritische Perspektiven

Psychosozial-Verlag

Bibliografische Information der Deutschen Nationalbibliothek
Die Deutsche Nationalbibliothek verzeichnet diese Publikation
in der Deutschen Nationalbibliografie; detaillierte bibliografische Daten
sind im Internet über http://dnb.d-nb.de abrufbar.

Originalausgabe

Walltorstr. 10, D-35390 Gießen
Fon: 06 41 - 96 99 78 - 18; Fax: 06 41 - 96 99 78 - 19
E-Mail: info@psychosozial-verlag.de
www.psychosozial-verlag.de

Lektorat: Salih Alexander Wolter
Umschlagabbildung: »Abstract social network background –
chrome on white« © 123dartist/Fotolia
Umschlaggestaltung und Innenlayout
nach Entwürfen von Hanspeter Ludwig, Wetzlar
www.imaginary-world.de
Satz: metiTEC-Software, me-ti GmbH, Berlin
ISBN 978-3-8379-2549-4

Inhalt

»Homosexualität« und »die Anderen«

Zu Fragen von Sichtbarkeit und Anerkennung, Nationalismus und Rassismus im westlichen Konzept der »Homosexualität«

Zülfukar Çetin & Heinz-Jürgen Voß

Ein Band zu *Schwuler Sichtbarkeit und schwuler Identität* ist zum aktuellen Stand der Aushandlungen nötig. Immer mehr kristallisiert sich *der Schwule* als eine Diskursfigur heraus, mit der westliche Hegemonie weltweit durchgesetzt wird. Dieses Agieren wird unter dem Stichwort »Homonationalismus« verhandelt – dazu sind mittlerweile einige Arbeiten erschienen; fokussiert auf die Bundesrepublik Deutschland gibt Zülfukar Çetin im dritten Kapitel dieses Bandes einen Überblick.

Könnte man diese aktuelle »homonationalistische« Entwicklung als Instrumentalisierung einer ehemals emanzipatorischen Bewegung lesen, als ihre »Integration« in die bestehenden Herrschaftsverhältnisse, so ergibt sich bei genauerer Betrachtung ein anderes Bild: Der »Homosexuelle« und seine Bewegung sind von vornherein in die westlichen Herrschaftsverhältnisse eingebunden. Der »Homosexuelle« – ihn gibt es als klare Kategorie und »Persönlichkeit« erst seit den 1860er Jahren (vgl. Voß, 2013a) – entsteht aus einer Gesamtgemengelage, in der auch Deutschland in größerem Maße nach Kolonien strebt. So sind es die von der »Homosexuellen-Bewegung« als äußerst wichtig beschriebenen Karl Heinrich Ulrichs (1825–1895) – der Jurist wurde von dem Sexualwissenschaftler Volkmar Sigusch als »der erste Schwule der Weltgeschichte« bezeichnet (Sigusch, 2000) – und Magnus Hirschfeld (1868–1935) – Mediziner und als Mitbegründer des *Wissenschaftlich-humanitären Komitees* (1897) und des *Instituts für Sexualwissenschaft* in Berlin (1919) einer der bekanntesten Streiter für die Homosexuellen-Emanzipation –, die zentralen Anteil an der Herausbildung »des

Schwulen« – in synonymen Begriffen: des »Urnings«, des »Homosexuellen« –, eines »modernen« naturwissenschaftlichen Verständnisses von ihm und genauer Klassifikationen geschlechtlicher und sexueller »Varianten« haben. Auf Ulrichs und Hirschfeld und der sich auf sie berufenden Tradition soll hier auch der Schwerpunkt liegen. Sie gehören zu den (grundlegend) »emanzipatorisch« Streitenden, die gegen die Strafbarkeit gleichgeschlechtlicher sexueller Handlungen unter Männern in Preußen und dem sich begründenden Deutschen Reich angingen. Daneben gab es weitere homosexuelle Aktivisten, wie den Herausgeber der Maskulistenzeitschrift *Der Eigene,* Adolf Brand (1874–1945), die sich gegen die »Weimarer Toleranz« wandten und die »nationalistische Rechte« unterstützten (Winter, 2013, S. 218f.). Während Magnus Hirschfeld von den Nazis verfolgt und sein Institut geplündert wurde, blieb Adolf Brand auch in der Nazi-Zeit unbehelligt (vgl. Voß, 2013a). Es soll hier – und auch im nächsten Kapitel – also um den grundlegend »emanzipatorischen« Diskurs der »Homosexualität« gehen, und dieser wird in einzelnen Punkten deutlich kritisiert. Eine Auseinandersetzung mit der rechten Richtung um Adolf Brand halten wir an dieser Stelle für unnötig, weil sie per se Nationalismus und Faschismus befürwortete und aus der historischen Auseinandersetzung mit ihr für unseren Untersuchungsgegenstand nichts zu gewinnen ist. Hingegen gehen wir im dritten Kapitel, für den aktuellen Diskurs, auch auf die nationalistischen und teils direkt rechtsextremen Akteur_innen in den politischen Debatten ein, weil hier heute direkte und scharfe Auseinandersetzung nötig ist.

Doch auch die »emanzipatorische Richtung«, und vorneweg ihr bedeutendster Protagonist Magnus Hirschfeld, entwickelte »den Homosexuellen« in direkter Abgrenzung gegen die Kolonisierten und weitere als »anders« zugeschriebene Männer. Es wird deutlich, dass Hirschfeld nur den deutschen Homosexuellen meint, wenn man auf die Abgrenzungen sieht, die er trifft. Schon zum nahen Italien hält er fest:

> »An einigen Plätzen [...] kann man geradezu von urnischen Kolonien reden. [...] Trotzdem der homosexuelle Fremde für das gastfreie Italien größte Sympathie empfindet, völlig bodenständig wird er doch nur selten; meist ist er in seinem homosexuellen Verkehr auch nur auf Eingeborene angewiesen, die sich ihm – ohne selbst ›echt‹ zu sein – äußerer Vorteile halber zur Verfügung stellen. [...] Vor allem Süditalien trägt in dieser Hinsicht schon ein

> stark orientalisches, vermutlich sich bereits auf antike Traditionen gründendes Gepräge, das auch anderweitig zum Ausdruck gelangt, zum Beispiel in der nonchalanten Beurteilung aktiver gegenüber der scharfen Verurteilung passiver Betätigung. Erachten es doch selbst käufliche junge Männer für unter ihrer Würde, den Partner, den sie zu pedizieren jederzeit gegen Entgelt bereit sind, ihrerseits zu berühren, oder gar ihm immissionem in irgendeine ›cavitatem‹ ihres Körpers zu gestatten« (Hirschfeld, 1914, S. 571).

Hirschfeld geht es hier um eine »echte« Homosexualität, eine, die sich nicht nur im mann-männlichen sexuellen Verkehr zeige, sondern die offenbar auf etwas Inneres und Untrügliches verweist. Gleichzeitig sieht er sie gerade bei den Reisenden – und grenzt sie gegen die Sexualität der Einheimischen ab, die er als »orientalisch« markiert und mit bestimmten Anforderungen belegt. So lasse sich »der Orientale« nicht penetrieren, nehme aber gegenüber den herangereisten homosexuellen Männern durchaus und gern den »aktiven«, penetrierenden sexuellen Part ein. Das Motiv, das Edward Said als zentrale kolonialisierende Zuschreibung des Westens an »den Orient« ansieht, dass es einen besonderen Hang der Männer gebe, untereinander sexuell zu verkehren (Said, 2003 [1978]), wird von Hirschfeld in aller Deutlichkeit beschrieben – und auch für Italien und insbesondere Süditalien angeführt:

> »Mag auch die wahre Homosexualität nur in geringem Maße in Italien verbreitet sein, so ist es um so mehr die homosexuelle Betätigung. Charakteristisch in der Hinsicht war mir der Ausspruch eines Urnings: ›Für Geld kann ich in Italien jeden haben […]‹ […] Es ist überraschend, wie viele junge Leute in Rom und Neapel durch Blicke oder durch Erwidern eines ihnen zugeworfenen Blickes ihre Bereitwilligkeit zu einer Annäherung zu erkennen geben, und nach meinen Beobachtungen sowohl wie nach den Mitteilungen, die mir von Italienern gemacht wurden, glaube ich behaupten zu dürfen, daß in den genannten Großstädten die italienischen Jünglinge im Alter von 15–18 Jahren sich *in der Mehrzahl* homosexuell betätigen. Hierbei sehe ich ab von der wechselseitigen Onanie, die die jungen Leute auf Schulen und besonders in den in Italien zahlreichen Internaten untereinander betreiben, habe vielmehr lediglich den homosexuellen Verkehr mit mehr oder weniger älteren Männern und namentlich Fremden im Auge« (Hirschfeld, 1914, S. 572; Hervorh. i. O.).

Dabei greift es zu kurz, solcherlei Beschreibungen einfach im Kontext einer Rivalität zwischen den europäischen Ländern im Vorfeld des Ersten Weltkriegs zu sehen, deren Wissenschaften gemeinsam und gleichermaßen kolonisierten Menschen spezifische Eigenschaften zuschreiben, sich aber wechselseitig einfach gegen die europäischen Nachbarn wenden. Vielmehr werden auch bei der Artikulation der spezifischen Merkmale des nahen europäischen Landes und für bestimmte Gruppen im jeweils eigenen Land Motive spezifischer Beschreibung und Abwertung genutzt, die ihren Ausgangspunkt in kolonialen Zuschreibungen und insbesondere in der Auseinandersetzung mit dem arabischen Raum haben. Die »Homosexuellen« selbst sind in dieser Aushandlung nicht außen vor – sondern »der Homosexuelle« ist ein theoretisches Konstrukt, das mit der europäischen Moderne aufkommt und von Anbeginn an in direkter Abgrenzung zu den gleichgeschlechtlichen sexuellen Betätigungen der Männer in anderen geographischen Regionen entwickelt wird. Gleichzeitig ist damit homosexuelle Subjektbildung per se – und bis heute – nur in Abgrenzung gegen den »Sex der Anderen« (Çetin & Wolter, 2012, S. 29) möglich.

Mit dieser Feststellung muss auch Michel Foucault (1926–1984) widersprochen werden, der »die Konstitution eines Gegen-Diskurses« im späten 19. Jahrhundert behauptete: Die »Homosexualität« habe damals »begonnen, von sich selber zu sprechen, auf ihre Rechtmäßigkeit oder auf ihre ›Natürlichkeit‹ zu pochen – und dies häufig in dem Vokabular und in den Kategorien, mit denen sie medizinisch disqualifiziert wurde« (Foucault, 1983 [1976], S. 123). Doch es handelt sich bei der »Homosexuellen-Bewegung« eben nicht um einen Gegendiskurs zu einem herrschenden Diskurs, vielmehr sind sie und ihr Streiten *der* Diskurs der Homosexualität. Foucaults Perspektive weist darauf hin, dass er hier seinen eigenen Begriff von Diskurs unterläuft, indem er in wertschätzender Freundlichkeit gegenüber den Schwulen einen emanzipatorischen Raum konzediert. Hingegen gibt es eben wirklich »nicht auf der einen Seite den Diskurs der Macht und auf der andern Seite den Diskurs, der sich ihr entgegensetzt« (ebd.). In Bezug auf »die Homosexuellen« gilt das einmal mehr, da sie sich nicht erst heute unter dem Stichwort »Homonationalismus«, sondern schon damals in Abgrenzung gegen die geschlechtlich-sexuellen Handlungen »der Anderen« als Subjekt konstituierten. Die heute verhandelten Stereotype über den »aggressiven« und »penetrierenden« »Araber« speisen sich noch immer aus diesem Hintergrund – und aktualisieren sich etwa durch die Aktivitäten eines LSVD *(Lesben- und Schwulenverband in Deutschland)* stetig. Selbst spezifische Unterkünfte für geflüchtete LSBTI (Lesben, Schwule, Bisexuelle, Trans*, Inter*) sind nicht außerhalb eines solchen kolonial-rassistischen Kontextes zu sehen, immerhin stehen sie geflüchteten Menschen erst dann zu, wenn sie sich dem deutschen sexuellen Identitätsparadigma unterworfen haben. Aktuelles politisches Handeln muss sich des geschichtlichen Hintergrunds bewusst sein und nach Auswegen suchen – dabei ist die Grenze zwischen den »Homosexuellen« und den als »anders« Zugeschriebenen einzureißen. Gelingen könnte das etwa dadurch, dass auch weiße Personen, also solche, die nicht von Rassismus oder Antisemitismus betroffen sind, die klare Identifizierung als »homosexuell«, »bisexuell« oder »heterosexuell« verlernen und verweigern und damit einen zentralen Bestandteil kolonialer und rassistischer Zuschreibungspraxis aufgeben.

Nicht ausgespart werden sollen an dieser Stelle Passagen Hirschfelds zur Türkei, die er als relevanten und freundlichen Fluchtort für »Homosexuelle« beschreibt. Auch hier wird seine radikale Abgrenzung der »Homosexuellen« gegen die »anderen« Männer, die gleichgeschlechtlichen Sex haben, deutlich. Interessant und weitere Forschungen wert ist aber auch der knappe Verweis auf die für Frankreich und die Türkei gleichermaßen geltende Straffreiheit von sexuellen Handlungen unter Männern. Hier zeigt sich eine juristische Basis, die eine der Erklärungen dafür ist, warum der geschlechtlich-sexuelle Diskurs, mit der Beschreibung von festen Identitäten und Varietäten, seinen Ausgangspunkt im sich begründenden Deutschen Reich hat – und in anderen Ländern Europas mit geringerer Intensität stattfand (Ausnahme England, aus anderen Gründen). Hirschfeld beschreibt die Türkei als bevorzugtes Exil für »die Homosexuellen« Deutschlands und Österreichs – auch das ist ein interessanter Hinweis: Die sich in der Türkei aktuell zeigende und unter der AKP-Regierung intensiv zuspitzende Homo- und Transfeindlichkeit der staatlichen Organe (vom Präsidenten bis zur Polizei) speist sich ganz offenbar nicht aus einer »Tradition«, sondern es handelt sich um ein »modernes« Phänomen – die Türkei hat vom kolonisierenden Europa gelernt (zur queeren Bewegungsgeschichte in der Türkei siehe Çetin, 2016). Hirschfeld schreibt im Jahr 1914 zur Türkei:

> »Als Beispiel will ich die europäische Urningskolonie Konstantinopels schildern. Da ist ein früherer österreichischer Offizier, schon seit langem zum Islam übergetreten, mit dem Rang eines türkischen Paschas. Jedermann weiß von seiner Homosexualität, ohne daß jemand Anstoß nimmt. Er findet seine Freunde auf der großen Perastraße, in der Nähe der Kasernen, auf der Galatabrücke. Man sieht nicht selten, daß junge Leute sich ihm ziemlich öffentlich anbieten. Ein Landsmann von ihm, auch schon seit mehr als 20 Jahren dort unten, ist Stammgast der Bäder, die auf beiden Seiten des Goldenen Horns, namentlich aber in Stambul, man kann fast sagen, historische Stätten homosexueller Vergnügungen sind. Seine Vorliebe für die Hammanns [sic!] hat Einbuße erlitten, seit unter jungtürkischem Regime die Vorschrift ergangen ist, daß die dort bedienenden Osmans und Hassans das 20. Lebensjahr erreicht haben müssen. Diese beiden Österreicher überschritten die Grenzen ihres Landes, weil sie nicht seine Gesetze überschreiten wollten. Ein Dritter, Franzose, von Geburt, hatte dies nicht nötig, da in seiner Heimat die gleiche Straffreiheit wie im Morgenlande herrschte; er nahm jedoch Rücksicht auf die Landessitte, die im Westen als Laster verwarf, was im Osten nur als eine, wenn auch nicht jedermann verständliche Geschmacksrichtung galt. […] Ein anderer Deutscher hatte sich zum Bosporus geflüchtet, weil gegen ihn eine Anzeige erstattet war, und wieder ein anderer war ›ausgerückt‹, nachdem er wegen ›widernatürlicher Unzucht im Rückfall‹ zu einem Jahr Gefängnis verurteilt worden war. Es waren noch viele sonstige Homosexuelle aus Westeuropa da, namentlich Engländer, von denen man nicht wußte, ob sie das Weite gesucht hatten, weil sie wollten oder mußten« (Hirschfeld, 1914, S. 448f.).

In den weiteren Beschreibungen werden die Männer, die Sex mit Männern haben, ohne sich als homosexuell zu identifizieren, von Hirschfeld als besonders mit Geschlechts- und weiteren Erkrankungen beladen charakterisiert (Hirschfeld, 2014, S. 456f.); auch hierbei handelt es sich um ein gängiges Phänomen deutschen und europäischen Kolonialismus, Menschen anderer Regionen (und auch anderer Klassen als der bürgerlichen) als krank und als gesundheitliche Bedrohung des für die Nation so wichtigen »Volkskörpers« zu sehen. Denken wir daran, dass gerade um 1900 Ängste vor einer Degeneration der Bevölkerung im Deutschen Reich unter den Bürgerlichen stark waren und hierbei sowohl Konservative als auch Sozialist_innen mitgemischt haben. Gedanken der »Eugenik«, um das Überleben des »Volkskörpers« und eine schlagkräftige Nation abzusichern, waren stark. Das gilt auch für Hirschfeld und seine Positionen, zeigt sich aber ebenso in der seit dem ausgehenden 19. Jahrhundert stattfindenden Vermessung der männlichen Bevölkerung für militärische Zwecke und den von den Bürgerlichen eingeführten ersten Maßnahmen, um den gesundheitlichen Zustand der arbeitenden, der proletarischen Bevölkerung zu verbessern (vgl. Voß, 2014).

Neben der Abgrenzung des »Homosexuellen« als deutsch (oder ggf. auch noch westeuropäisch) gegen Menschen und ihre sexuellen Handlungen in anderen geographischen Regionen stellt Hirschfeld ihn auch in weiteren Hinsichten in Gegensatz zu »Anderen«. Auffallend ist dabei, dass er seine Theorien insbesondere zu Männern entwickelt – und stetig nur hinzufügt, dass das Beschriebene in gleicher Weise für Frauen gelte. Er treibt die Analogisierung so weit, dass er in seinem Buch *Die Homosexualität des Mannes und des Weibes* (1914) immer wieder die vollständige Parallelität der Frauen zu den Männern behauptet, sogar zu vollkommen identischen Werten konkret auftretender »echter« männlicher und »echter« weiblicher Homosexueller gelangt. »Homosexualität« wird in dieser Weise vom Mann her gedacht – und lediglich auf Frauen übertragen. Das zeigt sich auch in der weiteren biologischen Forschung der zweiten Hälfte des 20. Jahrhunderts, in der Frauen oft nur als Randnotiz auftauchen oder ihre Sexualität gar nicht behandelt wird. So ist es selbst in den Gehirn- und in den Zwillingsstudien der 1990er Jahre noch so, dass Frauen lediglich als Vergleichsgröße angeführt bzw. erst untersucht werden, wenn die Männer in einer vorangegangenen Studie bereits untersucht worden sind (vgl. Voß, 2013a).

Dass es bei dem »Homosexuellen« in klassischer europäischer Manier um den weißen europäischen Mann der *bürgerlichen Klasse* geht (vgl. Voß & Wolter, 2013), wird aus weiteren Passagen bei Magnus Hirschfeld deutlich. So grenzt er den »Homosexuellen« ausdrücklich auch gegen die geschlechtlichen und sexuellen Handlungen der Arbeiter_innen ab:

> »Hier sei nur erwähnt, dass als echte, wahre Homosexualität ausschließlich die *konstitutionelle, endogene* anzusehen ist, in denjenigen Fällen, wo es bei ursprünglich heterosexuellen Personen zu homosexuellen Handlungen kommt, bedarf es zunächst der Feststellung, ob die Akte ent-

> sprechend oder entgegen einer wirklich vorhandenen inneren Neigung vorgenommen werden. Letzterenfalls handelt es sich um der Onanie verwandte Manipulationen. Wir werden einen Menschen, der, weil er wochenlang keine Arbeit finden konnte, aus Not schließlich dazu gelangt, dem Rate arbeitsloser Kameraden folgend, die Berliner Friedrichstraße oder die Pariser Boulevards abzulaufen, um sich, bis er wieder Stellung hat, Homosexuellen anzubieten, nicht als homosexuell bezeichnen können, weil er dies eben lediglich ›der Not gehorchend, nicht dem eigenen Triebe‹[,] tut« (Hirschfeld, 1914, S. 296; Hervorh. i. O.).

»Homosexualität« wird damit von Hirschfeld und einer »emanzipatorischen« »Homosexuellen-Bewegung« im Sinne eines Wesenskerns und eines inneren Triebes entwickelt. Sie wird eher bei einem ökonomisch unabhängigen Menschen als vorhanden angenommen – hingegen nicht bei Menschen, die in ökonomisch schlechten oder abhängigen Positionen sind.

Handelt es sich bei »Homosexualität« damit um ein Konzept, das von Anfang an auf die Abgrenzung von »den Anderen« setzte, so zeichnen sich dennoch positive Handlungsoptionen ab. Auch heute ist das westliche Konzept keineswegs weltweit so verbreitet, wie es westlich gern vorausgesetzt wird. So kritisierte Eve Kosofsky Sedgwick (1950–2009) die Analysen von Michel Foucault als global zu verallgemeinernd. Er hatte konstatiert, dass durch das Konzept der »Homosexualität« eine Verdrängung und Auslöschung anderer Diskurse erfolgt sei, die er als »sodomitisch« fasste und die auf Handlungen aufbauten und nicht ein umfassendes Begehrens- und Persönlichkeitskonzept darstellten. Sedgwick sieht in den Beschreibungen Foucaults die implizite Annahme, »dass die im 19. Jahrhundert erfolgte Intervention eines minorisierenden Diskurses der sexuellen Identität in einen zuvor noch bestehenden universalisierenden Diskurs ›sodomitischer‹ sexueller Handlungen im Grunde das Verschwinden des Letzteren bedeuten musste« (Sedgwick, 1990, S. 47)[1]. Sie machte gegen diese Beschrei-

1 Übersetzungen aus der Literatur, die im Quellenverzeichnis nur mit der Originalausgabe angeführt wird, sind in diesem Band stets von Salih Alexander Wolter. Vielen Dank für die Unterstützung!

bung zum einen geltend, dass in dem US-Bundesstaat, in dem sie lebte, zur Zeit der Niederschrift ihres Buches – also in den späten 1980er Jahren – »Sodomie«, das heißt Analverkehr, selbst unter »heterosexuellen« Eheleuten noch immer gesetzlich verfolgt wurde (ebd.). Außerdem – und auch noch heute relevant – wies sie darauf hin, dass

> »viele mediterrane und lateinamerikanische Kulturen scharf zwischen insertiven [einführenden] und rezeptiven [aufnehmenden] sexuellen Rollen unterscheiden, um die Männlichkeit/Weiblichkeit von Männern, die mann-männlichen Sex haben, einzuschätzen; das Konzept der homosexuellen Identität als solcher ergibt in diesen kulturellen Kontexten eher keinen Sinn oder ergibt Sinn [nur] für selbst-identifizierte *jotos* [›Schwuchteln‹] oder *passivos*, aber nicht für *machos* oder *activos*. Und diese Kulturen gehören, wie die anglo-europäischen und andere, zu den US-amerikanischen Kulturen« (ebd., S. 159).

An Sedgwick anschließend werden Notwendigkeit und Möglichkeit deutlich – und im weiteren Verlauf dieses Bandes immer weiter unterlegt –, die identitären westlichen Konzepte der Ausgestaltung von geschlechtlichen und sexuellen Lebensweisen der Menschen (als »homosexuell«, »heterosexuell« und »bisexuell«) zu verlernen.

Gestern und heute – Aktionsformen und (Aktions-)Raum

Ist diese historische Genese wichtig und ertragreich (und gilt es gerade für aktuellen emanzipatorischen – schwulen bzw. besser queeren – Aktivismus, der sich notwendig gegen Rassismus und Antisemitismus wenden muss, um nicht am deutschen Herrschaftsstreben mitzuwirken, aus der Geschichte zu lernen), so ist es zugleich nötig, die vorherrschenden Sichtweisen tiefer zu durchdringen: Es gilt die Lebenssituationen und die »subversiven« Aktionsformen im Kontext des aktuellen wissenschaftlichen Analysestandes zu Raum und Stadtraum zu betrachten.

Aktuellem Aktivismus weißer Schwuler liegt ein unreflektiertes und nicht theoretisiertes Verständnis von Raum und Aktivismus im Raum zugrunde. So gehen etwa Aktionen wie die »Kiss-Ins« des Berliner

»schwulen Anti-Gewalt-Projekts« Maneo davon aus, dass diese in der Frühzeit der zweiten deutschen Schwulenbewegung in den 1970er Jahren genutzte Aktionsform heute noch in gleicher Weise wirke. Damals wurden »Kiss-Ins« aber im Streiten einer stigmatisierten Bevölkerungsgruppe, die in der Bundesrepublik gerade erst per Bundestagsbeschluss von massiver juristischer Verfolgung (weitgehend) frei geworden war (es wurde die Nazi-Fassung des §175 abgeschafft, die in der BRD und Westberlin harte Sanktionen gegen mann-männlichen Sex vorsah, unterschiedliche Schutzaltersgrenzen im Vergleich mit andersgeschlechtlichem Sex blieben bestehen), gegen fortgesetzte staatlich-institutionell organisierte Reglementierungen und gesellschaftliche Diskriminierungen im Land eingesetzt. Heute wird diese Aktionsform hingegen vor den staatlichen Vertretungen anderer Länder durchgeführt, um »den Anderen« zu zeigen, wie aus deutscher Perspektive das jeweilige Zusammenleben gestaltet werden müsse. Damit wird der kolonial-rassistische Hintergrund, der dem Konzept »Homosexualität« ohnehin zugrunde liegt, in zugespitzter Weise aufgerufen.

Aber wie kann man überhaupt auf die Idee kommen, dass es sich bei einem Raum um einen »leeren Behälter« handle, dass also eine Aktion damals und heute gleich sei? Klar ist doch, dass ein Raum erst durch die handelnden Akteur_innen erzeugt wird; erst in dem jeweiligen zeitlich-gesellschaftlichen Kontext, eingebettet in die Umgebung in ihrer urbanen Gestaltung und die Menschenbewegungen sowie durch das zu erwartende staatliche (agierende Sicherheitskräfte) und mediale Echo entsteht ein je spezifischer (Aktions-)Raum. Kurz: Ein »Kiss-In« in den 1970er Jahren ist nicht das Gleiche wie ein »Kiss-In« jetzt. Ein »Kiss-In« im weiß dominierten mittelständischen Berlin-Wilmersdorf ist nicht das Gleiche wie eines im migrantisch geprägten und sozio-ökonomisch benachteiligten Berlin-Kreuzberg. Es geht also um den konkreten Kontext, in dem Aktionsformen stattfinden; es geht um den spezifischen Raum, der durch die gesellschaftlichen Rahmenbedingungen und die handelnden Akteur_innen entsteht. Fast schon naiv muten vor diesem Hintergrund Aussagen des weißen, schwulen Aktivisten und Publizisten Elmar Kraushaar (geb. 1950) an, der es für notwendig befand, einer Kritik des Projekts GLADT *(Gays and Lesbians aus der Türkei)* an einem im Jahr 2015 von Maneo veranstalteten »Kiss-In« zu erwidern. GLADT hatte in der Stellungnahme kritisiert:

> »Vor allem in Kreuzberg, wo viele verschiedene Communities und Szenen zusammenfließen und dadurch einen sehr vielfältigen und spezifischen Sozialraum bilden, mutet die Maneo-Aktion geradezu grotesk an: Eine weiße, cis-männlich-dominierte, schwule Organisation wirft hier einen Hilfeballon für eine bessere Welt ab, ohne mitzudenken, dass hier lokale Aktivist*innen schon seit Jahren communitybasierte Antidiskriminierungsarbeit leisten. Diese wurden nicht einmal eingeladen. [...]
>
> Wir empfinden es als Schlag ins Gesicht, dass sich Maneo auf Übergriffe an Orten konzentriert, an denen wir durch Kontaktaufnahme, Zuhören, Fragen beantworten, Fragen stellen, sich hineinversetzten, mal lachen und mal streiten in den letzten Jahren so viel erreicht haben. Wir leben in Kreuzberg und Wedding, dies ist keine Kurzzeit-Bühne für Maneos einstündige Inszenierung von farbenfroher Weltoffenheit. Im Gegenteil gefährdet die Maneo-Aktion die Beziehungsarbeit zu unseren Nachbar*innen und stellt sie auf die Probe« (GLADT, 2015).

Elmar Kraushaar, der sonst durchaus auch reflektierte Beiträge verfasst hat, lässt in seiner Würdigung des »Kiss-Ins« von Maneo und der kritischen Stellungnahme von GLADT jede Sensibilität für den spezifischen Kontext vermissen, in dem GLADT ganz offensichtlich eine Provokation sieht (vgl. drittes Kapitel dieses Bandes) und die Möglichkeiten nutzt, die dem Verein zur Darstellung der Kritik zur Verfügung stehen. Kraushaar antwortete auf der Website des Magazins *Siegessäule:*

> »Wenn alte Männer erzählen, erzählen sie gerne was vom Krieg. Nun habe ich glücklicherweise nichts vom Krieg zu erzählen, aber doch vom Aufruhr in früherer Zeit. Dem Aufruhr auf der Straße, auf der Wilmersdorfer Straße, um genau zu sein. Es war 1973, da traf sich eine Gruppe lesbischer Frauen und schwuler Männer zu ihrem ersten Kiss-In auf einer belebten und beliebten Einkaufsstraße. Die Idee dahinter war ganz schlicht: Um irgendetwas zu bewegen mit uns und in der Gesellschaft müssen wir Gesicht zeigen, unser Gesicht, ein homosexuelles Gesicht. Ohne Missverständnis, ohne Vertun, eindeutig und offen. Was wäre da besser geeignet als zwei Menschen des gleichen Geschlechts, sich küssend in aller Öffentlichkeit. [...] Das Kiss-In ist eine der ganz wenigen Aktionsformen, die die Jahrzehnte überdauert haben. Maneo ruft am 17. Mai dazu auf, und GLADT e. V., die ›Gays und Lesbians aus der Türkei‹,

> sind dagegen. Maneo ruft zum Küssen im Wedding und in Kreuzberg auf, an jenen Orten also, an denen GLADT ›in den letzten Jahren so viel erreicht‹ habe. Und wo man sich diese Erfolge nicht zerstören lassen will durch einen Trupp, der ›weiß‹ ist, ›cis-männlich-dominiert‹, ›respektlos‹ und ›arrogant‹. […] Außerdem: Sich in aller Öffentlichkeit zu küssen, sei ein ›sehr weißes und westliches‹ Konzept. ›Als sei es die Krönung der Emanzipation, wenn alle wissen, wen Mensch liebt und begehrt.‹ Ob es die Krönung ist, darüber lässt sich debattieren, aber es ist eine Notwendigkeit für jeden Emanzipationsprozess, der den unbedingten Willen nach Gleichstellung und Akzeptanz artikuliert. Nur mit offenem Visier, im Kleinen wie im Großen, in der Familie wie am Arbeitsplatz wie auf der Straße, lässt sich grundlegend etwas bewegen. Alles andere ist Schmu. Eine westliche Idee, mag sein, so wie alle Ideen aus der lesbisch-schwulen Emanzipationsgeschichte im Westen ihren Ursprung haben und nirgends sonst« (Kraushaar, 2015).

Ganz richtig ist Kraushaars Verweis auf die bellizistische Floskel »offenes Visier«. Wie man gerade aus der historischen Herangehensweise hinsichtlich der Konstituierung des Konzepts »Homosexueller« lernt, ging es stets darum, »Homosexualität« im Kontrast zu den kolonisierten und rassifizierten »Anderen« zu entwickeln. So ist es in Fortsetzung dieser »Mission« auch nur folgerichtig, »Homosexualität« gerade an Orte tragen zu wollen, an denen insbesondere Menschen mit Migrationserfahrungen und Personen of Color wohnen. Dennoch müsste Kraushaar der verschiedene Kontext auffallen – einmal ein »Kiss-In« 1973 von Aktivist_innen und einmal eines, das 2015 in einer ganz anderen gesellschaftlichen Gemengelage von weißen angestellten Akteur_innen eines staatlich finanzierten Projekts in migrantisch geprägten Stadtteilen gemacht wird.

Statt der Zurückweisung einer Kritik wäre es wichtig, sich auch die letzten Jahrzehnte genauer anzusehen: Warum fiel es weißen Schwulen offenbar gar nicht auf, dass in den 1980er Jahren ein von türkischen Arbeitsmigrant_innenfamilien bewohntes Haus in der Nähe des Schwulenzentrums in Berlin-Schöneberg angezündet wurde (vgl. hierzu das dritte Kapitel dieses Bandes)? Warum reagierten auch weiße linke aktivistische Personen nicht auf die Massendemonstration von 4.000 Personen of Color in Kassel, die im Jahr 2006 gegen die rechtsextreme Mordserie demonstrierten, noch lange bevor sich der NSU selbst enttarnte (vgl. Güleç, 2015)? Raum, (Aktions-)Raum und Stadtraum stellen sich für Menschen spezifisch dar – und dabei spielen Herrschaftsverhältnisse (Rassismus, Klassen- und Geschlechterverhältnisse) und mit ihnen verwobene Diskriminierungen zentrale Rollen. Sie durchziehen den Stadtraum und bestimmen die Handlungsmöglichkeiten von Menschen in aktivistischen Gruppen (vgl. Haritaworn, 2005, S. 32).

In diesem Band werden hierzu auf verschiedene Weise Zugänge eröffnet. Neben einer grundständigen sozialräumlichen Analyse (drittes Kapitel) werden auch – interdisziplinär – Bezüge zu naturwissenschaftlicher Theoriebildung ausgelotet. Sie bieten sich auch hinsichtlich der Betrachtungen zu »Homosexualität« an, da sich bei ihr eine im Vergleich zu den physikalischen Erkenntnissen geradezu entgegengesetzte Entwicklung zeigt. Während bei Letzteren der Weg in Richtung der Auflösung von simplen Annahmen starrer und fester »Stofflichkeit« weist sowie Prozess und Welle bestimmend werden, lassen sich für »Homosexualität« in besonderer Weise Verhärtungen feststellen (hierzu ausführlicher im zweiten Kapitel). In Bezug auf Raum und (Aktions-)Raum lässt sich auf physikalischer Basis die Erkenntnis der sozialwissenschaftlichen Raumanalyse bestätigen: Auch physikalisch gilt, dass »ein Beobachter«, der sich in einem Volumen (einem Raum) befindet, diesen durch die ausschließliche Beobachtung seiner sich nicht verändernden Umgebung nicht hinsichtlich der Größe oder zeitlichen Dimension einordnen könnte. Erst durch Veränderung – Bewegung, das Durchschreiten des Volumens – könnte von ihm die räumliche Dimension erfasst werden; eine zeitliche Messung wäre etwa über wiederkehrende Ereignisse – zum Beispiel einen periodisch auftretenden Luftzug oder regelmäßigen Lidschlag – möglich. Bewegung ist damit erforderlich, um Raum zu konstituieren (vgl. Nicolis & Prigogine, 1987, S. 19–26). Und die räumliche und zeitliche Durchmessung ist basal von Veränderungen abhängig; auch ein Erfahrungswissen »des Beobachters« ist in der Analyse zu berücksichtigen. An dieser Stelle soll der kurze erste Querverweis genügen und eröffnen, dass im Band, neben der sozialwissenschaftlichen, teils ausführlich an naturwissenschaftliche – insbesondere physikalische und biologische – Theoriebildung angeschlossen wird. Es ist aktuelles Erfordernis, dass die verschiedenen wissenschaftlichen Disziplinen miteinander – also interdisziplinär – in Verhandlung kommen. Darüber hinaus ist auch eine transdisziplinäre Fortentwicklung wissenschaftlicher Erkenntnisbildung nötig – damit der Wissenschaft nicht weiterhin Ereignisse wie Massendemonstrationen (in Kassel) entgehen oder erst spät zugänglich werden, sollte Erfahrungswissen aus der Praxis, von Aktivist_innen und Selbstorganisationen mit theoretischen Zugängen in direkte Aushandlung kommen.

Sichtbarkeit: (An-)Erkennung und Anerkennung

Mit den bisherigen Ausführungen wurde das Themenfeld aufgespannt, das im Band weitere Differenzierung erfährt. Zumindest ein Aspekt ist noch bedeutsam und soll den folgenden Kapiteln vorangestellt werden. Es geht um Fragen der »Sichtbarkeit«, der »Anerkennung« und der »(An-)Erkennung«. Die genauere Betrachtung ist erforderlich, weil den »Kiss-Ins«, aber auch den alljährlich stattfindenden CSDs das Paradigma von »Sichtbarkeit als (gesellschaftliches) Empowerment« zugrunde liegt. »Sichtbarkeit« wird als wesentliches Element, von der Gesellschaft anerkannt zu werden, verstanden. Dieser simple Gedanke ist gefährlich kurzschlüssig, da sich – wie ausgeführt – etwa bezogen auf »Homosexualität« zahlreiche Interessen und Entwicklungen überschneiden. So muss, will man emanzipatorisch handeln, die Verschränkung von »Homosexualität« und Rassismus/Kolonialismus im Blick sein. Das westliche sexuelle Konzept ist in das Herrschaftsverhältnis Rassismus und in die Durchsetzung kolonialer Machtansprüche verstrickt. Ein CSD in einem vormals kolonialisierten Land muss also etwas Zusätzliches gewinnen oder sich gar von einem starren Konzept »Homosexualität« lossagen, will er nicht einfach als eine Art »Siegesparade« der ehemaligen Kolonisator_innen wirken. Wie das vielleicht gelingen könnte, zeigt eine Schilderung der Schriftstellerin und Journalistin Karin Karakaşlı (geb. 1972) aus dem rebellischen Istanbul des Sommers 2013:

> »Als die LGBT-Bewegung ihren seit Jahren geführten Kampf in diese Proteste einbrachte, verstand die Bevölkerung es, Seite an Seite mit den

›Schwuchteln‹ zu protestieren. So wurde auch der Pride-Marsch nach Gezi mit 50.000 Teilnehmenden zum gemeinsamen Symbol für die Forderung nach einem freieren Land im Gegensatz zum heteronormativen System und ging damit weit über reine Sichtbarkeit der Homosexuellenbewegung hinaus« (Karakaşlı, 2014, S. 109).

In dem Verhältnis der Kolonisator_innen zu den Unterdrückten haben wir auch die erste Form der Anerkennung vor uns – es geht dabei zunächst um »(An-)Erkennung«. So hat die Kolonisation den Effekt, dass die Kolonisator_innen die Unterdrückten »erkennen«, sie überhaupt erst in dieser Weise herstellen, konstituieren. Sie erkennen (anerkennen) die Unterdrückten als Gruppe und leiten spezifische Handlungen ab. Umgekehrt sehen sich die Unterdrückten damit konfrontiert, als Gruppe hergestellt zu sein. Sie sind genötigt, die ihnen aufgezwungene Position wahrzunehmen und sich in dieser Position zu verhalten. In dieser Form anerkennen sie die Kolonisator_innen als Unterdrückende; auch gemeinsames widerständiges Handeln gegen die Unterdrücker_innen bedeutet, sich selbst als Gruppe von Unterdrückten zu verstehen und aus der von den Kolonisator_innen aufgezwungenen Position heraus zu handeln. Nur wenige der Menschen, die unter der Kolonialisierung und ihren aktuellen Folgen gelitten haben und leiden, werden es aber als Ausdruck der Emanzipation und des eigenen Empowerments verstehen, sich positiv auf den Kolonialismus zu beziehen – er hat schließlich massive Nachteile, Unterdrückung, millionenfachen Mord durch die Unterdrücker_innen gebracht (weiterhin lesenswert: Fanon, 1981 [1961]).

Anders ist dieses Verhältnis bei »den Homosexuellen«. Sie haben ihre klare kategoriale Fassung ganz zentral selbst betrieben, gerade um an den Privilegien weißer bürgerlicher Männer Anteil haben zu können; sie haben ihre Konstituierung als (weiße) Gruppe so in direkter Abgrenzung gegen die geschlechtlichen und sexuellen Handlungen »der Anderen« vorangetrieben und zentral an den kolonialen und rassistischen Argumentationsweisen und Politiken mitgewirkt. War ihr Sehnen zunächst das Bedürfnis nach nationaler Integration in den »Volkskörper«, nach vollständiger »Anerkennung« als volle Staatsbürger, so hat ihnen in Deutschland der Faschismus diese »Anerkennung« verwehrt. Anerkannt blieben sie lediglich als Ziele juristischer

Regelungen, die sich gegen sexuelle Handlungen unter Männern (und in Österreich auch unter Frauen) richteten; Anerkennung erfuhren sie auch aus dem wissenschaftlichen und dort insbesondere dem medizinisch-praktischen Bereich, der das Bestreben »der Homosexuellen«, sich als Gruppe zu konstituieren, dankbar aufnahm und verfeinerte wissenschaftliche Untersuchungen auf das »Wesen« »des Homosexuellen« richtet(e) sowie medizinische Behandlungspraxen entwickelt(e) (vgl. Voß, 2013a). Die Gruppe »der Homosexuellen« befindet sich damit in einer paradoxen Position. Einerseits zielte ihre Konstituierung als Gruppe auf nationale Teilhabe, andererseits wurden sie von Staat und Wissenschaft zunächst als Ziel sich verfeinernder juristischer Verfolgung und medizinischer Behandlungspraxis gesehen. Aktuell werden ihnen wieder mehr Angebote zur Integration gemacht, wenn auch zu den Bedingungen der (heterosexuellen) Mehrheit. Diese paradoxe Situation ist für »die Homosexuellen« nicht auflösbar, da sie, selbst wenn ihnen die Mehrheit vollständige nationale Integration zubilligt, in der Position der klar gefassten, der klassifizierten Minderheit verbleiben, die von der Mehrheit abhängig ist. Ihre Position wird damit stetig rückholbar sein; es bedarf dafür lediglich rechtsextremer, faschistischer Entwicklungen, die die Anerkennung der Gruppe der Homosexuellen wieder mehr über juristische Verfolgung sowie über pädagogische Vorbeuge- und medizinische Behandlungsmaßnahmen betreiben.

»(An-)Erkennung« in dem Sinne, wie »der Herr den Knecht« und »der Knecht«, in Kenntnis der eigenen Unterdrücktheit, »den Herrn« anerkennt, ist eine Seite der Medaille. Häufig wird allein ein anderes Verständnis verwendet. Es wird für »Anerkennung« gestritten, damit Menschen in ihren Lebens- und Liebesweisen in der Gesellschaft gesehen und akzeptiert werden. So ging es der Gruppe »der Homosexuellen« bei ihrer Konstituierung auch darum, dass in der Gesellschaft als problematisch angesehene sexuelle Akte nicht weiter verfolgt würden. Sie stritten gegen juristische Regelungen, die sich auch auf gleichgeschlechtliche sexuelle Akte bezogen, und suchten sich als gesellschaftlich respektabel darzustellen. So zeigt sich auch hier das Paradox, dass etwa Magnus Hirschfeld sehr deutlich gegen den §175, der sich in der Kaiserzeit und der Weimarer Republik gegen beischlafähnliche sexuelle Handlungen (in der Regel verstanden als Analverkehr) unter Männern richtete, stritt, in seinen Abhandlungen über »Homosexualität« dann aber darlegte, dass viele (mehr als 90%) der »echten« – also guten, bürgerlichen – »Homosexuellen« gar keinen Analverkehr vollzögen, um deren Respektabilität herauszustellen (vgl. Hirschfeld, 1914, S. 288). Erst die Nazi-Zeit und die sich anschließende Bundesrepublik Konrad Adenauers bezogen deutlich auch »einfache« homosexuelle Handlungen wie Oralverkehr in die Definition des §175 mit ein. Mit Bundestagsbeschluss von 1969 wurde die Strafbarkeit für erwachsene Männer aufgehoben – dies war der Startschuss für die zweite deutsche »Schwulenbewegung« in der Bundesrepublik und in Westberlin. Für Anerkennung zu streiten heißt seitdem, insbesondere durch Sichtbarkeit die eigene Präsenz als Gruppe zu verdeutlichen und Diskriminierungen abzubauen. Die »Lesbenbewegung«, häufig als Teil der Frauen- und Lesbenbewegung auftretend, hat das Diktum klarer Identität und ihrer Präsentation seitdem weitgehend übernommen und streitet für Sichtbarkeit im Alltag und auch in der Geschichte. Ihre Situation ist dabei eine andere als die der Männer, weil zentral erst einmal die Herausforderung stand und steht, dass weibliche Sexualität in der patriarchalisch geprägten Gesellschaft überhaupt als solche gesehen wird. Frauen wurde und wird in der weiß-deutschen Gesellschaft gern Sexualität abgesprochen, oder sie wird erst dann gesehen, wenn ein Mann beteiligt ist. Als grundlegendes Problem zeigt sich aber immer deutlicher, dass die (männliche) »Homosexuellen-Bewegung« und auch speziell die Klassifikationen Magnus Hirschfelds die Rahmenbedingungen des Streitens mit klaren Identitäten angelegt haben, die von anderen Gruppen übernommen wurden und werden. Das gilt für Lesben, bei denen sich aber mehr kritische Aushandlungen untereinander zeigen – und aktuell zunehmend für Trans*- und Inter*-Aktivismus.

Die Auseinandersetzung mit »Sichtbarkeit«, »Anerkennung« und »(An-)Erkennung«, die bis zu diesem Punkt aus dem Untersuchungsgegenstand entwickelt wurde, gilt es theoretisch gründlicher einzubinden. Das gelingt über die Arbeiten von Andrea Mubi Brighenti (geb. 1975), die äußerst ertragreich sind und bisher in der Bundesrepublik leider viel zu wenig zur Kenntnis genommen wurden. Brighenti, ein italienischer Soziologe mit den Forschungsschwerpunkten Raum und

Migration, plädierte erstmals 2007 in der englischsprachigen Fachzeitschrift *Current Sociology* dafür, Sichtbarkeit als eigenständige Kategorie der Sozialwissenschaften zu betrachten. Drei Jahre später legte er das umfangreiche Werk *Visibility in Social Theory and Social Research* vor, in dem er sein Argument voll ausgearbeitet hat. Er beschreibt Sichtbarkeit als »eine Metapher für Wissen, aber sie ist nicht einfach ein Bild: Sie ist ein wirklicher sozialer Prozess in sich selbst« (Brighenti, 2007, S. 325). Brighenti plädiert dafür, »die relationalen, strategischen und prozessualen Aspekte von Sichtbarkeit als ein einziges Feld konstituierend« zu betrachten. Er analysiert die »Ambivalenzen der Sichtbarkeit und ihrer Effekte bezogen auf soziale Orte und Subjekte« und versteht »Anerkennung und Kontrolle [...] als zwei einander entgegengesetzte Folgen von Sichtbarkeit«. Er argumentiert, dass »Empowerment nicht eindeutig entweder auf Sichtbarkeit beruht (wie es in der Tradition der Anerkennung angenommen wird) oder auf Unsichtbarkeit« (Brighenti, 2007, S. 323).

Brighenti sucht hierfür auch den Widerstreit mit der Diskursanalyse Michel Foucaults, die zu sehr dem »Denkbaren« verhaftet bleibe, hingegen zu wenig mit dem politisch Möglichen und politischen Begrenzungen umgehe. Seine Kritik ähnelt damit der von Eve Kosofsky Sedgwick, die, wie wir sahen, für Foucault konstatiert hatte, dass ihm bei einer Überhöhung westlicher Theoriebildung das tatsächliche »sodomitische« Zusammenleben entging. Ohne die Diskussion um Foucault hier vertiefen zu können – Brighenti bietet der deutschen wissenschaftlichen Diskussion dazu viel an –, wollen wir unterstreichen, dass es Brighenti darum geht, »die dichotome Trennung des Sichtbaren und des Sagbaren« zu vermeiden (Brighenti, 2010, S. 33). Für ihn sind das Sichtbare und das Sagbare »im Feld der Sichtbarkeit ko-präsent«:

> »Die ästhetische Domäne (und spezifisch das Ästhetisch-Visuelle) beeinflusst uns gewiss zuerst und unmittelbar – jedoch nur, weil in Wirklichkeit die politische Domäne (Foucaults Sagbares) schon immer gegenwärtig ist. Die beiden Domänen sprechen unterschiedliche Sprachen, aber sie unterstützen einander und tragen – in einer Art Welle-Teilchen-Dualismus – eine die andere weiter. Das heißt nicht einfach, dass sie sich gelegentlich mischen; vielmehr sind sie stets miteinander vermischt.

> Es gibt kein Sichtbares ohne Weisen des Sehens. […] Die grundlegende Ambiguität der Sichtbarkeit rührt genau von diesen kontinuierlichen Verwobenheiten ihrer Komponenten her. Einschreibung in das Sichtbare durch Technologien der *Einschreibung* ist folglich ein Prozess, der stets in der dualen Form des Beobachtbaren und des Sagbaren stattfindet« (ebd.; Hervorh. i. O.).

Das Herstellen und Sehen »des Homosexuellen« erfolgt also innerhalb eines gesellschaftlichen Kontextes, innerhalb eines gesellschaftlich Gewussten und mit den Technologien und Techniken, die eine Gesellschaft hat; und dieses Sehen ist stets mit ihm verwoben (vgl. zweites Kapitel in diesem Band). Die Arten des Sehens, die Weisen der Sichtbarkeit, eben wie »der Homosexuelle« in Erscheinung tritt, sind damit kontextabhängig – abhängig vom konkreten zeitlichen Kontext, von den stadt-/landräumlichen Rahmenbedingungen, den unterschiedlichen Betroffenheiten der Akteur_innen von Herrschaftsverhältnissen (vgl. drittes Kapitel in diesem Band).

Gerade im Hinblick auf »Anerkennung« und »(An-)Erkennung« sind die weiteren Analysen Brighentis bedeutsam. Er unterscheidet »drei Typen oder Modelle von Sichtbarkeit: die Sichtbarkeit der Anerkennung, die Sichtbarkeit der Kontrolle und die Sichtbarkeit des Spektakels« (Brighenti, 2010, S. 45). Diese drei Modelle »schließen einander nicht rigide aus« (ebd., S. 50).

> »Das erste Modell – Sichtbarkeit als Anerkennung – leitet sich aus G[eorg] W[ilhelm] F[riedrich] Hegels [1770–1831] *Phänomenologie des Geistes* (1807) her […]. Selbstbewusstsein muss ein *Anerkanntes* [deutsch i. O.] sein – von einem anderen Selbstbewusstsein (an)erkannt werden –, um auch nur zu existieren« (ebd., S. 45; Hervorh. i. O.).

Anerkennung bedeutet damit in dieser ersten Sichtweise etwas für Menschen Notwendiges, um überhaupt in Gesellschaft existieren zu können. Die »Auswirkungen eines Mangels an Anerkennung« können sogar bedrohlich sein:

> »Der berühmte Roman *Invisible Man* (1947) von Ralph Ellison [1914–1994, einer der bedeutendsten Vertreter der US-amerikanischen

Schwarzen Literatur] bietet ein beeindruckendes literarisches Beispiel dafür, dass unsichtbar zu sein für rassialisierte *[racial]* Minderheiten – aber das Gleiche gilt für Minoritäten anderen Typs – bedeutet, Anerkennung vorenthalten zu bekommen« (ebd., S. 46).

Die Unterscheidung der Weisen der Sichtbarkeit macht Brighenti wie folgt deutlich:

»Sichtbarkeit ist jedoch nicht auf direkte und lineare Weise mit Anerkennung verbunden. Hier greift die Funktion ein, die von *Schwellen der Sichtbarkeit* erfüllt wird. Mit anderen Worten, gibt es ein Minimum und ein Maximum dessen, was wir ›korrekte Sichtbarkeit‹ nennen können. Die angenommenen Kriterien für Korrektheit sind dabei alles andere als irrelevant und bilden tatsächlich den Einsatz verschiedener politischer Kämpfe um Anerkennung. Immerhin lässt sich, neben der Vielfalt der Kriterien für korrekte Sichtbarkeit, auch ein ziemlich allgemeiner Effekt beobachten: Unterhalb der niedrigen Schwelle ist eine Person gesellschaftlich ausgeschlossen. […] Wenn sich Personen über die obere Schwelle korrekter Sichtbarkeit hinausbewegen oder gestoßen werden, betreten sie eine Zone von Supra- oder Supersichtbarkeit, in der jede ausgeführte Handlung, weil sie übermäßig sichtbar ist, so enorm wird, dass sie die handelnde Person paralysiert. Das ist ein paradoxer Doublebind, durch den einer Person durch das Set von sozialen Zwängen, denen er_sie unterliegt, untersagt ist, zu tun, was gleichzeitig von ihm_ihr verlangt wird« (ebd., S. 46f.; Hervorh. i. O.).

Außerhalb der Schwellen korrekter Sichtbarkeit ist Personen(-gruppen) die Möglichkeit genommen, über Sichtbarkeit für Anerkennung streiten zu können. Eine solche Supersichtbarkeit trifft aktuell in der Bundesrepublik für geflüchtete Menschen zu, denen durch den herausgehobenen medialen Diskurs und allgegenwärtige rechtsextreme Hetze, die sie mit Stigmatisierungen auflädt, die Handlungsfähigkeit genommen wird, über Sichtbarkeit wirkungsvoll für Anerkennung zu streiten.

Um die Fragen soziologisch zu verfeinern, die wir zuvor zur Heranführung an die Thematik mit den Begriffen »Anerkennung« und »(An-)Erkennung« gefasst haben, sind die weiteren Auseinandersetzungen Brighentis beachtenswert. Mit den Begriffen »Anerkennung« und »(An-)Erkennung« haben wir bereits festgestellt, dass es zentral einerseits um das Bedürfnis eines Menschen oder einer Gruppe von Menschen geht, von den anderen Menschen gesehen zu werden. Verschränkt ist dieses »Gesehen-Werden« oft mit einer ausgeübten Kontrolle, die über Klassifikation und Kategorisierung der Menschen ihre staatliche Regierbarkeit in den modernen Staaten gewährleistet. »(An-)Erkennung« einer Gruppe geschieht dabei auch über Regierungsweisen, sie zu verfolgen. Brighenti unterscheidet »mindestens vier Typen von Anerkennung« und bezeichnet diese Typen als »kategorial, individuell, persönlich und spektakulär«:

> »*Kategoriale* Anerkennung gründet sich auf die einfache und überwiegend routinemäßige Typifizierung von Menschen. Dies ist der Typ von ›städtischer‹ Anerkennung par excellence, insofern sie von Fremden untereinander geübt wird. [...] In diesem Kontext erkennen Menschen einander (an) – und machen sich selbst den anderen sichtbar – durch Kategorien oder soziale Typifizierungen. Diese Art von Anerkennung ist natürlich stets nahe beim Stereotyp« (Brighenti, 2010, S. 53; Hervorh. i. O.).

Diese Anerkennung der Menschen im jeweiligen Umgang miteinander, die zwar durchaus auf gesellschaftlich Gewusstem und Stereotypisierungen aufbaut, ist dabei aber nicht gleichbedeutend mit »*individueller* Anerkennung«:

> »[Denn die] *individuelle* Anerkennung oder Identifizierung [...] wird typischerweise durch den Staat im Hinblick auf die Bevölkerung ausgeübt und erreicht ihre vollendete Form in Instrumenten der Klassifizierung und Kontrolle. [...] Der dritte Typ von Anerkennung ist die *persönliche* Anerkennung, die auf das zurückgeht, was gemeinhin als ›persönliche Bekanntschaft‹ bezeichnet wird. [...] So ist zum Beispiel im städtischen Raum die Möglichkeit, jemanden direkt anzusprechen, reguliert, und nur persönliche Anerkennung gibt in dieser Hinsicht uneingeschränkte Rechte. Die meisten anderen Interaktionen zwischen Menschen auf der Straße basieren auf kategorialer Anerkennung, die sich mit spezifischen Typen von ›direkter Beziehung‹ verbindet (zum Beispiel, wenn man jemanden nach dem Weg fragt). [...] Die *spekta-*

> *kuläre* Anerkennung schließlich hat mit der Unterscheidung zwischen den beiden Regimen des Gewöhnlichen und des Außergewöhnlichen zu tun. [...] Der typischste Fall von spektakulärer Anerkennung im Alltagsleben ist das ›Prominenten-Gucken‹« (ebd., S. 54f.; Hervorh. i. O.).

Was es im Anschluss an Andrea Mubi Brighenti zu lernen gilt, ist, dass »Anerkennung« nicht als etwas »Positives« simplifiziert werden kann. Vielmehr ist Anerkennung – über die Verbindung mit Sichtbarkeit – in ihrer Vielschichtigkeit wahrzunehmen. Für praktisches Handeln sind diese Analysen bedeutsam, weil die Verwobenheit von Aktionsformen mit Herrschaftsverhältnissen vor Augen tritt und sich zeigt, dass Aktionsformen als situativ – geographisch, temporär und an die Akteur_innen gebunden – wahrgenommen werden müssen. Schließlich wird deutlich, dass die Wirkung spezifischer Aktionsformen durch die gesellschaftliche Positionierung einer Gruppe begrenzt sein können – bei einer gesellschaftlich hergestellten Supersichtbarkeit einer Gruppe ist diese darauf verwiesen, andere Handlungsmöglichkeiten zu erschließen, da weiter zugespitzte Sichtbarkeit ihrem Anliegen nicht nützt.

Für den aktuellen modernen sexuellen Diskurs, mit der hervorgebrachten Form des »Homosexuellen«, ist die in diesem einführenden Kapitel dargestellte Vielschichtigkeit zugrunde zu legen: Der »Homosexuelle« als klar identifizierbares Subjekt ist zentral – und vielfach privilegiert – in Herrschaftsverhältnisse eingebunden; auch trägt er dazu bei, dass andere Weisen, geschlechtlich und sexuell nicht-normativ zu leben, nicht die Schwelle erreichen können, »gesehen« und »anerkannt« zu werden – im Verständnis kategorialer Anerkennung. Es könnte damit ein sinnvoller Weg sein, dass »Homosexuelle« die Suche nach »individueller Anerkennung« – im Sinne klarer kategorialer und staatlicher Identifizierung – der geschlechtlichen und sexuellen Handlungen aufgeben und neue Weisen des Zusammenlebens erlernen, die darauf verzichten, sich rassistisch und kolonial gegen die vermeintlichen »Anderen« positionieren zu wollen. Gleichzeitig ist kritisch zu hinterfragen, ob und bis wohin es tatsächlich dem Interesse, gleichgeschlechtlich-sexuell zusammenzuleben, nützt, in immer intensiverer Weise »gesehen« und »(an-)erkannt« zu werden.

Begriff und Dank

Das Buch nutzt bewusst den Begriff »schwul« bereits im Titel, weil es um die Auseinandersetzung mit Konzepten der frühen »Homosexuellen-Bewegung« und daran anschließend der »Schwulenbewegung« geht. Diese grenzten sich oft – und rasch – gegen Menschen anderer geschlechtlicher Identitäten ab (vgl. Voß & Wolter, 2013). Lesben schlossen sich anderweitig zusammen; auch Trans* und Inter* fanden eigene Wege, sich als Gruppen zu konstituieren. Gleichzeitig hat die von (weißen) Männern dominierte »Homosexuellen-Bewegung« durch die Klassifikationen und Kategorisierungen den gesellschaftlichen Rahmen und Aktionsrahmen anderer geschlechtlich-sexueller Gruppen ganz wesentlich bestimmt. So sind auch die Ordnungen von Trans* und Inter* – ihr genaues Erkennen und Klassifizieren – zentral von der »Homosexuellen-Bewegung« bestimmt; im Anschluss an das Erkennen und Klassifizieren schlossen sich die konkreten medizinischen und juristischen Behandlungsweisen an. Diesen Verantwortungen muss sich eine »Homosexuellen-Bewegung« und müssen sich Personen, die sich auf sie berufen, stellen.

Gleichzeitig nutzen wir den Begriff »schwul«, weil »queer« bei all seinem guten aktivistischen und theoretischen Hintergrund, den es im US-amerikanischen Kontext (und auch in einigen anderen Ländern) entfaltet, in dieser radikalen Weise nicht bzw. nur in kleinen Zirkeln im deutschen Sprachraum angekommen ist. Vielmehr werden bezüglich »queer« im deutschsprachigen Kontext zu selten die Herrschaftsverhältnisse und ihre Verwobenheiten untereinander thematisiert. An anderer Stelle werden wir weiter »queer« verwenden und dabei deutlich machen, was wir darunter verstehen; an dieser Stelle haben wir uns aus den beiden genannten Gründen bewusst anders entschieden.

Anders als auf dem Cover steht, wurde dieses Buch von drei Personen gemeinsam gemacht. Auch wenn Salih Alexander Wolter nicht auf dem Titel auftaucht, er dort bewusst keinen Platz einnehmen wollte, so ist dieses Buch aus der gemeinsamen Diskussion von uns dreien – Zülfukar Çetin, Heinz-Jürgen Voß und Salih Alexander Wolter – erwachsen. Ohne unsere Diskussionen, ohne unsere Zusammenarbeit, ohne unser aktivistisches Streiten in gemeinsamen und verschiedenen Vernetzungszusammenhängen (bei Sorge vor einer grundlegend rechtsextremen Entwicklung Deutschlands und erstarkendem Rassismus und Antisemitismus auch in sich als »links« verstehenden Zusammenhängen) wäre auch dieses Buch nicht zustande gekommen. Zugleich hat Salih Wolter das Buch für Sie, euch und uns – durch seine Lektoratsarbeit – besser lesbar gemacht. Vielen Dank @Salih – und Ihnen und euch eine gute und kritische Lektüre! Über Diskussionen freuen wir uns.

Prozessdenken und Homosexualität im Kontext von Naturwissenschaft und Pädagogik

Heinz-Jürgen Voß

Gerade wenn wir uns mit (Homo-)Sexualität und Geschlecht auseinandersetzen, kommen wir nicht umhin, uns mit den Bedingungen neuzeitlicher und moderner Wissenschaft zu befassen. Besonders interessieren uns hierbei die Methoden. Wichtig sind aber auch die Voraussetzungen, die die neuzeitliche und moderne (wissenschaftliche) Denkart schafft. Und ein dritter Aspekt hat Gewicht: Populäre Ansichten einerseits und aktuelle wissenschaftliche Ergebnisse andererseits klaffen mittlerweile weit auseinander, so dass die Selbstverständlichkeiten moderner Wissenschaft gerade im Alltagsverständnis von gesellschaftlichen Gewissheiten (Dispositiven) wie Geschlecht und Sexualität nur zögerlich Niederschlag finden bzw. von dort massive Gegenwehr erfahren.

In diesem Kapitel spielen Fragen (natur-)wissenschaftlicher Methode und Denkweise eine Rolle. Dabei gehen wir von den abstrakten Grundbedingungen neuzeitlicher und moderner Wissenschaft aus und kommen von hier aus zum Konkreten – zur gesellschaftlichen Herstellung von Geschlecht und (Homo-)Sexualität.

Der (natur-)wissenschaftliche Erkenntnisprozess und die »Homosexualität«

Erkenntnis als Prozess

Die Naturwissenschaften mit ihren älteren und neueren Disziplinen bzw. Wissenszweigen – die politische Theoretikerin und Historikerin Hannah Arendt hebt als ältere Chemie, Physik, Botanik und Zoologie sowie als neuere die »Geologie oder Erdgeschichte« und die »Biologie oder Geschichte des Lebens« hervor (Arendt, 2015 [1958], S. 377) – sind zentral durch eine entwicklungsgeschichtliche Sicht und einen Prozesscharakter geprägt. Arendt schreibt:

> »[D]er Entwicklungsbegriff ist eine zwangsläufige Konsequenz dessen, daß die Erkenntnis der Natur sich auf die Prozesse verwiesen sah, welche die herstellende Genialität von Homo faber [der tätige, herstellende Mensch] im Experiment nachgeahmt hatte; die im Experiment begegnende Natur ist in der Tat ›ein Prozeß‹, und die im Experiment auftauchenden Naturdinge sind nichts als Funktionen oder Exponenten des Prozesses. So rückt der Prozeßbegriff an die Stelle, die vormals der Seinsbegriff innegehabt hatte, bzw. Sein wird überhaupt nur noch als Prozeß erfahren. Und wenn es einst zum Wesen des Seins gehörte, daß es sich zeigte und in Erscheinung trat, so liegt es im Wesen des Prozesses, daß er selbst unsichtbar bleibt, daß sein Vorhandensein nur aus bestimmten Daten, die nicht eigentlich mehr Phänomene sind, erschlossen werden kann. Dieser Prozeß war ursprünglich der Herstellungsprozeß, der ›im Produkt erlischt‹, also sich in dem, was er hervorbringt, gerade nicht zeigt, von dem das Produkt in seinem phänomenalen Bestand nicht mehr aussagt, als daß es ihn auf Grund der Erfahrung, die Homo faber mit dem Herstellen hat, geben muß, daß ein wie auch immer gearteter Prozeß der wirklichen Existenz aller Dinge vorausgeht« (Arendt, 2015 [1958], S. 377f.; Anm. H. V.).

In neuzeitlicher und moderner Wissenschaft ist gerade nicht mehr die Ansicht zentral, dass beobachtete Dinge einfach da wären. Vielmehr wird davon ausgegangen, dass dem Beobachteten Entstehungsprozesse – auf mehreren Ebenen – zugrunde liegen. Etwa ein archäologischer

Fund eines »versteinerten Baumstammes« wird im Kontext seines Entstehungsprozesses interpretiert, einerseits im Sinne einer Verbindungslinie zu einem früheren Zeitraum, andererseits in einer Weise, dass er durch die Sinne und Erfahrungen von dem konkreten untersuchenden Menschen und den Vorannahmen in der wissenschaftlichen Institution wahrgenommen und interpretiert – und damit hergestellt – wird. Der archäologische »Baumstamm« ist damit ein konkretes aktuelles Ding, konkret jetzt in der Wahrnehmung eines und mehrerer Menschen, zugleich wird er entlang wissenschaftlicher und gesellschaftlicher Normen abstrahiert und als Ding eines historisch früheren Zeitpunkts »gelesen«. Auch das Werden eines Menschen und die die Menschen umgebenden Dinge werden modern wissenschaftlich in ihrer Entwicklung und nicht als einfach-da-seiend verstanden.

Dabei sieht sich die Wissenschaft der Herausforderung gegenüber, dass populäre Denkweisen mit dem Denken in Entwicklung und Prozess hadern. Menschen nehmen ihre Umgebung gern als gegeben wahr – selbstverständlich geschieht auch das im Rahmen gesellschaftlicher Grundüberzeugungen, etwa der Übereinkunft, dass ein archäologischer Fund »alt« sei, anstatt die Entstehungsbedingungen zu hinterfragen und ihn auch in seiner Aktualität wahrzunehmen. Bereits Alfred North Whitehead (1861–1947), Mathematiker und Philosoph, stellt die Diskrepanz zwischen Wissenschaft und Populärsicht fest. Er schreibt, dass »innerhalb der letzten Generation [...] eine Vielzahl kluger und erfindungsreicher Experimente durchgeführt worden [sind]. Folge ist, daß sich sehr viele Informationen über Gebiete der Natur angesammelt haben, die der gewöhnlichen Erfahrung der Menschheit weit entrückt sind« (Whitehead, 1988 [1925], S. 138f.).

Die Bedeutung der Methode für die Erkenntnis

Dass die Entstehungsbedingungen einer Erkenntnis bedeutsam sind, wird bereits dadurch klar, dass sich über ein Ding – etwa einen Baum – auf Basis unterschiedlicher Methoden verschiedene Aussagen treffen lassen. Die einfache Beschreibung anhand des Augenscheins hält anderes fest als diejenige, die sich auf Grundlage der Mikroskopie mit einem kleinen Gewebeausschnitt befasst. Die erstere Sicht nutzt Begriffe wie

Blätter, Äste, Stamm und setzt die Beobachtungen möglicherweise in Beziehung zu weiteren Variablen wie der Umgebung, dem Lichteinfall, der Besiedelung mit verschiedenen Tierarten. Die zweite Sicht wendet sich einem oder mehreren Ausschnitten zu, vergleicht Zellen und ihre Organellen. Beide treffen Aussagen über »den Baum« – aber auf jeweils unterschiedliche Weise. Es resultieren differente Beschreibungen, die durch (wissenschaftliche) Übereinkünfte miteinander in Verbindung gesetzt werden (können). »Übereinkünfte« bedeutet, dass auch das Erkennen und das Interpretieren von Dingen und Sachverhalten durch das technische und methodische Instrumentarium – und die zugrunde liegenden Algorithmen – sowie gesellschaftliche Sichtweisen gerahmt sind und dass zwischen einzelnen Beschreibungen und Fachkulturen Transfer- und Übersetzungsprozesse stattfinden müssen.

Wie also erst einmal bestimmt werden muss, was ein Baum ist, welche Merkmale hierfür als wichtig gelten und Erwähnung finden und von welchen abstrahiert wird (und wieder andere Merkmale bleiben gänzlich außerhalb des Blickes), so spielen auch die anwendbaren Methoden für den möglichen Blick und den Erkenntnisprozess eine Rolle. Hier im Beispiel ist das Mikroskop angeführt, das zu ganz anderen Beschreibungen führt, als sie mit dem bloßen Auge möglich sind. Was bedeutet es, wenn Erkenntnisse noch anderer Disziplinen mit ihren Techniken, zusätzlich zur Mikroskopie, zur Beschreibung genutzt werden? Die Molekularchemie oder die auf Kleinstteilchen orientierte Elementarphysik gelangen wieder zu ganz anderen Beschreibungen des beobachteten Objekts »Baum« – und charakterisieren doch das gleiche Ding. Und alle getroffenen Beschreibungen sind gleichsam »wahr«. Hannah Arendt zeigt die Bedeutung der angewendeten Methode anschaulich auf, mit Blick auf den Erkenntnisprozess, die wissenschaftliche Grundüberzeugung und gesellschaftliche Übereinkünfte:

> »Es war weder die Vernunft noch der Verstand, sondern ein von Menschen hergestelltes Instrument, das Teleskop, dem die Änderung des Weltbilds [vom ptolemäischen hin zum kopernikanischen] zuzuschreiben ist; es war weder betrachtendes Beobachten noch schließendes Spekulieren, das zu den neuen Erkenntnissen geführt hat, sondern ein Eingriff unmittelbar praktisch-aktiver Natur, das Eingreifen der machenden und herstellenden Fähigkeiten von Homo faber. Mit anderen

> Worten, es schien offenbar, daß das uralte Vertrauen des Menschen, daß sein Sinnesvermögen ihm Wirklichkeit und sein Vernunftvermögen ihm Wahrheit vermittelte, den eigentlichen Grund dafür gebildet hatte, daß er seit eh und je getäuscht worden war« (Arendt, 2015 [1958], S. 349; Anm. H. V.).

Oder aber, die Menschen waren gerade nicht getäuscht worden, sondern sie machten sich auf Basis ihrer Möglichkeiten ein – stimmiges – Bild von der Welt, ein Bild, das heute als partiell sogar absurd erscheint. Auch einige aktuelle Grundüberzeugungen werden später von Menschen als widersprüchlich und unsinnig angesehen werden (sofern sich die Menschen nicht selbst und ihre Lebensgrundlage in nächster Zeit vernichten).

Qualitäten der Dinge? Zum Erkenntnisgewinn der Menschen

Whitehead führt – die Erkenntnisse des 17. Jahrhunderts auswertend – aus, dass wir bei Beobachtungen notwendig abstrahieren. Wir sehen von einzelnen Eigenschaften ab – sie bleiben womöglich gänzlich außerhalb unseres Blickes, also ungesehen. Andere Eigenschaften kehren wir hervor. Sie befinden sich für gewöhnlich auf einer hohen Abstraktionsebene (vgl. Whitehead, 1988 [1925], S. 68), wie etwa in den Begriffen und Vorstellungen, die gewöhnlich mit »dem Baum« oder »der Zelle« verbunden sind, deutlich wird. Der Begriff »Baum« sieht etwa von den vielen differierenden Eigenschaften von Bäumen ab: Es wird nicht ausgesagt, ob der Baum Blätter hat, wie sie aussehen, ob er klein oder groß ist. Gewebeelemente, Zellen, Transportprozesse sind nicht thematisiert, gleiches gilt für Umwandlungsprozesse von Molekülen. All diese Eigenschaften erscheinen uns offenbar vernachlässigbar, wenn wir »Baum« sagen. Whitehead:

> »Wir betrachten ein Objekt als ein Einzelwesen mit bestimmten Eigenschaften. Überdies wird jedes individuelle Einzelwesen vermittels seiner Eigenschaften aufgefaßt. Beispielsweise beobachten wir einen Körper; an ihm ist etwas, das wir bemerken. Vielleicht ist er hart, blau, rund und geräuschvoll. Wir beobachten etwas, das diese Qualitäten besitzt: Ab-

gesehen von diesen Qualitäten, beobachten wir überhaupt nichts. Das Einzelwesen ist also das Substrat oder die Substanz, von der wir Qualitäten aussagen. Einige der Qualitäten sind wesentlich, das heißt, ohne sie wäre das Einzelwesen nicht es selbst; andere dagegen sind akzidentell und veränderlich« (ebd., S. 68).

Von dieser Basis aus zeigt Whitehead die gedankliche Leistung des ausgehenden 17. Jahrhunderts auf und erläutert, wie eigentlich die von uns dem »Baum« oder einem anderen Ding zugeschriebenen Eigenschaften entstehen. Whitehead schreibt, mit Blick auf die Arbeiten von Isaac Newton (1643–1727) und den Begründer der Wellentheorie, Christiaan Huygens (1629–1695):

»Für das Licht gab es zwei Hypothesen: Entweder es wurde durch Schwingungswellen eines materialistischen Äthers übertragen oder aber – wie Newton meinte – durch die Bewegungen unglaublich kleiner Korpuskeln einer feinen Materie. Wie wir alle wissen, hat die Huygenssche Wellentheorie während des neunzehnten Jahrhunderts das Feld behauptet, und gegenwärtig versuchen die Physiker, einige Dunkelheiten, die mit der Strahlung zusammenhängen, durch eine Kombination beider Theorien aufzuklären. Aber für welche Theorie man sich auch entscheidet, als eine Tatsache der äußeren Natur gibt es weder Licht noch Farbe. Es gibt lediglich eine Bewegung von Material. Wenn also das Licht in die Augen tritt und auf die Netzhaut fällt, findet nur eine Bewegung von Material statt. Dann werden die Nerven und später das Gehirn gereizt, und wiederum ist das alles nur eine Bewegung von Material. Dieselbe Argumentation gilt auch für den Schall, wenn man Ätherwellen durch Luftwellen und die Augen durch Ohren ersetzt. Dann fragen wir uns, in welchem Sinne das Blau und der Klang Qualitäten des Körpers sind. Durch eine ähnliche Überlegung können wir uns auch fragen, in welchem Sinne der Duft eine Qualität der Rose ist. Galilei [1564–1642] stellte sich die Frage und zeigte sofort, daß es ohne Augen, Ohren oder Nasen keine Farben, Klänge oder Gerüche geben könne« (ebd., S. 69).

Im Weiteren führt Whitehead aus, dass es eine Leistung des Gehirns bzw. Geistes sei, dass wir Objekten bestimmte Eigenschaften – Qualitäten – zuweisen:

> »[Die eigenen] Sinneseindrücke werden vom Geist so projiziert, daß sie die geeigneten Körper in der äußeren Natur ausstatten können. Daher werden die Körper wahrgenommen, als haben sie Qualitäten, die ihnen in Wirklichkeit gar nicht zukommen, Qualitäten, die tatsächlich rein dem Geist entspringen. Daher dichten wir der Natur etwas an, was in Wahrheit uns selbst vorbehalten bleiben sollte: der Rose den Duft, der Nachtigall den Gesang und der Sonne die Strahlen« (ebd., S. 70).

Der Homo faber stellt also die Dinge, die er wahrnimmt, selbst her, indem er sie mit all seinen Sinnen und zur Verfügung stehenden technischen Mitteln beobachtet und beschreibt. Der Duft der Rose basiert einerseits auf einigen Molekülstrukturen und ihren Interaktionen mit weiteren Molekülen, andererseits auf den Rezeptoren der menschlichen Nase. Gleichzeitig sind »die Rose« und das Bild, das wir konkret vor Augen haben, wenn wir an eine »Rose« denken, bei den Untersuchungen im Labor, zur Wirkung der Moleküle und ihrer Bindung an Rezeptoren, nicht da. Im Labor sind »die Rose« als anfassbares Ding, die Nase als Trägerin von Rezeptoren und verdrahtet mit dem Gehirn und damit der konkret mit der Nase wahrgenommene Duft der Rose abwesend. Vielmehr wird in der experimentellen Anordnung aus der Bindung des Moleküls an einen Rezeptor auf den Duft der Rose geschlossen. Es sollte deutlich geworden sein, dass für die Wahrnehmung und Beschreibung von Dingen Herstellungs- und Transferprozesse erforderlich sind, die durch den konkreten Menschen und seine jeweiligen Mittel, auch die experimentellen und technischen, bestimmt sind.

Erkenntnis vor dem Hintergrund der Relativitätstheorie – und Materie als Schwingung

Von der Wellentheorie lohnt es sich noch einen Schritt weiter zu gehen: Newton hatte Licht im Sinne kleiner Teilchen beschrieben. 1677 stellte der Astronom, Mathematiker und Physiker Christiaan Huygens dieser Sicht das Modell gegenüber, nach dem Licht Welleneigenschaften habe und eine Welle sei. Damit wurde es möglich, spezifische Eigenschaften des Lichts zu erklären – unter anderem Beugung und Interferenz. Der Physiker James Clerk Maxwell (1831–1879) stellte 1871 die Theorie auf, dass es sich bei Licht um *elektromagnetische* Wellen handele. Das wurde 1886 von Heinrich Hertz (1857–1894) experimentell nachgewiesen. Dennoch waren auf dieser Basis einige Eigenschaften des Lichts nicht zu erklären. Die Theorie von Albert Einstein (1879–1955) änderte dies, sie erklärte 1905 Licht als Welle unteilbarer Lichtquanten (Energiequanten, Photonen), wobei diese nicht als Teilchen missverstanden werden sollten, sondern als *Energieportionen* einer Lichtwelle mit neuartigen Quanteneigenschaften (vgl. ausgezeichnet und mit an die Internetnutzer_innen gerichteter Experimentiermöglichkeit: Uni Ulm, 2015).

Einstein ist für uns auch auf weitere Weise hilfreich: Mit seiner Relativitätstheorie, die die Grundlage heutigen wissenschaftlichen Verständnisses bildet, wird der alte Materie-Begriff aufgehoben und gilt unter dem neueren Materie-Begriff Masse bzw. Stofflichkeit als besondere Form von Energie – und umgekehrt Energie als besondere Form von Masse. Gleichzeitig wird die Einheit von Materie, Bewegung, Raum und Zeit postuliert: Es konnte nachgewiesen werden, dass es sich bei der Lichtgeschwindigkeit um eine Konstante handelt – sie ist für eine_n »bewegte_n«[2] Beobachter_in und eine_n »ruhende_n« Beobachter_in gleich. Da die Lichtgeschwindigkeit für die beiden Beobachter_innen gleich ist, sich aber die Beobachter_innen in relativer Bewegung zueinander befinden, müssen die von ihnen während des gleichen Lichtintervalls durchschrittenen Räume als verschieden groß betrachtet werden bzw. müssen die jeweiligen Zeiten, einen für beide als gleich definierten Raum zu passieren, unterschiedlich lang sein. Objekte weisen entsprechend eine eigene Raum-Zeit-Struktur auf.

Dieser etwas ausführlichere Durchgang durch einige aktuelle (natur-)wissenschaftliche Grundlagen ist nötig, um auch in Bezug auf unser Themengebiet – Geschlecht und (Homo-)Sexualität – den Anschluss an aktuelle (Natur-)Wissenschaft einzufordern. Hier wird ein weitgehend statisches Bild gezeichnet. Geschlecht wird selbst in wissenschaftlichen Publikationen oft noch immer als durch Erbsubstanz (Genetik) und Hormone festgelegt beschrieben, obwohl die modernen wissenschaftlichen Erkenntnisse einer solch simplen Sicht schon lange widersprechen (vgl. für einen Überblick: Voß, 2010, 2011). Den Begriff »Homosexualität« (und auch den Begriff »Heterosexualität«) gibt es erst seit der zweiten Hälfte des 19. Jahrhunderts. Mit ihm und dem sich damit

2 Im Vergleich zu einem gemeinsamen Bezugspunkt.

entwickelnden Konzept ist eine neuartige statische Enge in Bezug auf geschlechtliche und sexuelle Handlungen verbunden. Dabei ist die Auffassung von »Homosexualität« im Sinne fester Identität, die für einen Menschen lebenslang gelte und nach der Menschen gruppierbar seien, ein frappierender Kurzschluss, der die Bedeutung von Bewegung und Prozess sowie die des tätigen und herstellenden Homo faber verkennt. Auch mit Blick auf Geschlechtliches und Sexuelles gilt der an praktischer Handlung, praktischer Wahrnehmung, Bewegung und Prozess orientierte Vergleich, mit dem Whitehead die neue Materie-Auffassung beschreibt: Ein »musikalischer Ton [ist] in einem einzelnen Augenblick nichts, sondern er braucht ebenfalls seine gesamte Periode, um in Erscheinung zu treten« (Whitehead, 1988 [1925], S. 51). Wie ist eine Periode für geschlechtliches und sexuelles Tun zu definieren?

Die Erfindung der »Homosexualität« ist paradox vor dem Hintergrund des (natur-)wissenschaftlichen Erkenntnisstandes

Um die statische Verfestigung, die mit dem Begriff und dem Konzept »Homosexualität« verbunden ist, genauer analysieren zu können, schließen sich nun einige kurze historische Ausführungen zur Etablierung des Konzepts »Homosexualität« an (ausführlicher: Voß, 2013a). Es wird deutlich werden, wie im Rahmen des »Sichtbarmachens« bestimmter Handlungen als »Homosexualität« eine Abstraktion sexuellen Tuns auf einige wenige Akte einhergeht und sich die Möglichkeitsräume von Menschen verkleinern. Und es wird deutlich werden, wie »Homosexualität« so abstrahiert zu einer »Idee« gerinnt, die unabhängig vom konkreten sexuellen Akt in allen physischen, psychischen und sozialen Eigenschaften der Menschen gesucht wird.

»Homosexualität« im Kontext der Nach-Einstein'schen Wissenschaft

Während in den naturwissenschaftlichen Theorien der letzten Jahrhunderte alles in Richtung Bewegung und Prozess lief und diese Entwicklungen auch grundlegende Beschreibungen verschiedener Disziplinen der Biologie kennzeichneten, hat sich in Bezug auf Geschlecht und (Homo-)Sexualität eine geradezu schon gegenläufige Entwicklung vollzogen. Offenere Konzepte von Geschlecht und von geschlechtlich-sexuellen Handlungen wurden von statischen, auf einer festen, unausweichlichen und überdauernden Identität fußenden Konzepten abgelöst. Wird zwar auch bei der Entwicklung der Menschen – ihrem Lebensweg – per se von einem Prozess ausgegangen, so sind dennoch die Möglichkeitsräume eng und durch starre kategoriale und identitäre Setzungen begrenzt. Der »Homosexuelle« ist in der heutigen Auffassung immer »homosexuell«. Während wir (natur-)wissenschaftlich beim (vorläufigen modernen) Ergebnis ankamen, dass es für Wahrnehmungen immer Schwingungen, Perioden – also Bewegung und Handlung – braucht, wird diese Bewegung beim modernen »Homosexuellen« als unnötig angesehen. Er wird in der neuen Vorstellung, auch ohne dass er handelt, als »homosexuell« betrachtet, nur weil er sich so identifiziert bzw. identifiziert wird. Whitehead bezeichnet es als »unzutreffende[] Konkretheit« (Whitehead, 1988 [1925], S. 68), dass Menschen sich gern mit dem einfachen »Sehen« von Dingen begnügen und den Herstellungsprozess nicht in den Blick nehmen, und meint das Gleiche, was Hannah Arendt als »Wesen des Prozesses« beschrieb, »daß er selbst unsichtbar bleibt, daß sein Vorhandensein nur aus bestimmten Daten […] erschlossen werden kann« (Arendt, 2015 [1958], S. 378). Der tätige Mensch (in Gesellschaft) müsse demnach seine eigene Rolle wahrnehmen, um die Verfestigungen und Abstraktionen in den eigenen Beschreibungen reflektieren zu können.

Was an Erkenntnissen für die Physik gilt, die sich mit kleinen und kleinsten Prozessen befasst, muss auch und sogar in größerem Maß für die Biologie und für Sozial- und Gesellschaftswissenschaften gelten. Schon die »Biologie erforscht die größeren Organismen, während die Physik mit den kleineren zu tun hat. […] Die Organismen der Biologie enthalten die kleineren Organismen der Physik als Bestandteile« (Whitehead, 1988 [1925], S. 125) – die Biologie muss daher auch die von der Physik beschriebenen Prozesse mit im Blick haben. Und die Sozial- und Gesellschaftswissenschaften müssen die von der Physik und der Biologie beschriebenen Prozesse berücksichtigen, genau wie die Physik, wie in den vorangegangenen knappen naturwissenschaftlichen Ausführungen deutlich wurde, auch die Einflüsse des tätigen, herstellenden Menschen – also unter anderem die Prozessbeschreibungen der Sozial- und Gesellschaftswissenschaften sowie die Erfahrungen des Homo faber – zugrunde legen muss, um die eigenen Grundannahmen in den selbst dargelegten »Abstraktionen« und »Naturgesetzen« reflektieren zu können.

Da Forschung in klare Disziplinen unterteilt ist und das eigene methodische Instrumentarium in der Regel »tunnelblickartig« angewendet wird – und da schulische Bildung oft eher versucht, »Dinge« zu beschreiben als Prozesse zu erklären –, sind aktuell die Verschränkung der jeweiligen Erkenntnisse der wissenschaftlichen Disziplinen und ihre weite Verbreitung auch im populären Verständnis gehemmt.

Von der alten Konzeption geschlechtlicher, sexueller Handlungen zur neuen Sicht der »Homosexualität«

> »Was Menschen tun und wer sie sind, im Bett und anderswo, kann auf so viele Weisen gedacht und interpretiert werden, wie es Kulturen auf der Erde gibt. Homo, hetero, bi – diese und andere starre Zuschreibungen werden eines Tages ebenso von kulturellen Wandlungsprozessen verschlungen werden, wie sie daraus hervor gegangen sind.«
>
> *Susanne Billig, 2013*

Susanne Billig benennt hier klar den Kern der Sache: »Homosexualität«, »Heterosexualität«, »Bisexualität« sind historisch neue Erscheinungen. Sie kamen erst in der Mitte des 19. Jahrhunderts auf, als man versuchte, Verhaltensweisen von Menschen eindeutig zu benennen und zu klassifizieren. Biologen und Mediziner (später Biolog_innen und Mediziner_innen) spielten dabei, neben den »Homosexuellen« selbst, eine zentrale Rolle und tun dies bis heute. Von Anfang an ging es nicht nur darum, bestimmte – gleichgeschlechtliche – Verhaltensweisen genauer zu beschreiben. Vielmehr war in den sexualwissenschaftlichen

Auseinandersetzungen mit angelegt, Ursachen für diese Verhaltensweisen zu erkennen, um sie verändern und verhindern zu können. Seit dem Auftauchen der Klassifizierung von »Homosexualität« ging es also stets auch darum, homosexuelles Tun und Begehren *auszulöschen*.

Die Problematisierung von gleichgeschlechtlichen sexuellen Kontakten kommt in der europäischen Moderne jedoch nicht ganz neu auf. Bereits mit der Ausbreitung des Christentums wurde das sexuelle Tun der Menschen zur »sündigen« Handlung, die auf das unbedingt nötige Maß – den reproduktiven Verkehr – beschränkt werden sollte. »Lust« durfte dabei nicht empfunden werden. Geschah dies doch, so sollte sie in jeder Einzelheit bei der Beichte geschildert werden. Mit dem sich verbreitenden Kirchenrecht – also bedeutsam etwa ab dem 13. Jahrhundert – kommen auch sogenannte Sodomie-Paragraphen auf. Diese umfassten ein breites Spektrum von Handlungen: »Masturbation, Koitus mit Tieren, Schenkel- oder Analverkehr mit Personen beiderlei Geschlechts und seltener auch sexuelle Laster zwischen Frauen« (Klauda, 2008, S. 72). Als Sodomie konnten diese Handlungen massive Strafen nach sich ziehen. Es ist jedoch strittig, von welchem Zeitpunkt an diese Paragraphen tatsächlich eine nennenswerte Bedeutung hatten. *Massive* Verfolgungen von Menschen aufgrund von Sodomievorwürfen gab es auf jeden Fall *nicht (!)* im Mittelalter, sondern erst ab der frühen Neuzeit und insbesondere seit dem 17. Jahrhundert. Auf das Verhalten der Menschen hatten die Sodomie-Paragraphen indes keine Auswirkung. So erregten nahe, zärtliche und intime Beziehungen kaum Verdacht:

> »[Die] Figur des Sodomiten [fiel] in der christlichen Rhetorik so monströs aus, dass sie der Lebenswelt der Menschen ähnlich entrückt blieb wie Werwölfe und Hexen. Freunde konnten sich daher küssen, Zärtlichkeiten austauschen und einander zu ›Bettgenossen‹ machen, ohne damit auch nur den leisesten Verdacht auf sich zu lenken« (Klauda, 2008, S. 79).

Erst mit dem beginnenden 18. Jahrhundert änderte sich das grundlegend. Es entspannen sich nun heftige Debatten um Masturbation und es gründeten sich – zum Beispiel in London – Gesellschaften, die »dem Laster der Sodomie« den Kampf ansagten. Gezeigte Nähe unter Männern erregte nun Verdacht. Für Frauen galt dies weniger, da ihnen in den zeitgenössischen Diskursen weitgehend die Fähigkeit zu aktivem sexuellem Tun abgesprochen wurde. Mit der stärkeren Problematisierung »sodomitischer Handlungen« kamen seit Ende des 18. Jahrhunderts erste Diskussionen darüber auf, wie man gleichgeschlechtliche sexuelle Handlungen unter Männern medizinisch nachweisen könnte. Es wurde über bestimmte Anzeichen für vollzogenen Analverkehr am Anus des Penetrierten diskutiert. Doch erst ab Mitte des 19. Jahrhunderts wurde schließlich »Homosexualität« als klare Identität gefasst und dabei in Abgrenzung zu »Freundschaft« konzipiert.

Noch um 1800 wurden Debatten um gleichgeschlechtliche sexuelle Handlungen hauptsächlich mit *juristischen und sozialen Argumenten* geführt, und im Zusammenhang mit der Französischen Revolution setzte sich in Frankreich, Luxemburg, den Niederlanden, in Bayern und den linksrheinischen deutschen Gebieten die *Straffreiheit* durch. In den folgenden Jahrzehnten änderte sich die Argumentationsweise radikal. Biologische und medizinische Theorien traten nun an die Stelle juristischer und sozialer Begründungen – und es etablierte sich seit den 1860er Jahren das Konzept »Homosexualität«.[3]

Die statische Konzeption von »Homosexualität«

Unter dem Begriff »Homosexualität« werden heute nur noch sehr begrenzte und weitgehend auf die Genitalien fokussierte Handlungen verstanden. Als »Homosexualität« werden genitale Akte gefasst – und von gleichgeschlechtlichen Nähebekundungen, wie sie sich in Freundschaften zeigen, losgelöst.

> »Sichtbar wird dies vor allem am Verschwinden romantischer Freundschaftskonzepte und der intimen Gesten, die jene begleiteten – wie etwa der Kuss, die Umarmung oder das Teilen von Tisch und Bett, die in einem männlichen Kontext nunmehr in wachsendem Maße als Ausdruck eines ›sodomitischen‹ Verlangens interpretiert wurden« (Klauda, 2008, S. 10).

3 Bei dieser Passage handelt es sich um eine überarbeitete Fassung des Aufsatzes *Die erfundene Homosexualität*, erschienen in: *Hugs and Kisses – tender to all gender* (Nr. 11, Okt. 2013).

Neben der Abtrennung der (Homo-)Sexualität von Freundschaft, handelt es sich beim Konzept »Homosexualität« auch auf eine andere Weise um kategorial anderes Wissen als es mit der »alten Sicht« verbunden war (vgl. ebd., S. 10). Michel Foucault drückt dies präzise aus und unterscheidet die neue Perspektive von den vorherigen:

> »Der Homosexuelle des 19. Jahrhunderts ist zu einer Persönlichkeit geworden, die über eine Vergangenheit und eine Kindheit verfügt, einen Charakter, eine Lebensform, und die schließlich eine Morphologie mit indiskreter Anatomie und möglicherweise rätselhafter Physiologie besitzt. Nichts von alledem, was er ist, entrinnt seiner Sexualität. Sie ist überall in ihm präsent, allen seinen Verhaltensweisen unterliegt sie als hinterhältiges und unbegrenzt wirksames Prinzip; schamlos steht sie ihm ins Gesicht und auf den Körper geschrieben, ein Geheimnis, das sich immerfort verrät. [...] Man darf nicht vergessen, daß die psychologische, psychiatrische und medizinische Kategorie der Homosexualität sich an dem Tage konstituiert hat, wo man sie [...] weniger nach einem Typ von sexuellen Beziehungen als nach einer bestimmten Qualität sexuellen Empfindens, einer bestimmten Weise der innerlichen Verkehrung des Männlichen und des Weiblichen charakterisiert hat. Als eine der Gestalten der Sexualität ist die Homosexualität aufgetaucht, als sie von der Praktik der Sodomie zu einer Art innerer Androgynie, einem Hermaphroditismus der Seele herabgedrückt worden ist. Der Sodomit war ein Gestrauchelter, der Homosexuelle ist eine Spezies« (Foucault, 1983 [1976], S. 58).

Aus der zutreffenden Beschreibung Foucaults wird deutlich, dass es nicht mehr um das konkrete Tun der Menschen geht, sondern dass »Homosexualität« in einer Weise in Erscheinung tritt, in der dieses Tun als unbedingt zur Persönlichkeit des entsprechenden Menschen gehörig angenommen wird. Es sei ein wahrscheinlich schon in der Kindheit vorhandenes oder durch »Abweichungen« von »normalen« Prozessen entstandenes Wesensmerkmal eines Menschen. Schließlich kommt »Homosexualität« in dieser neuen Sicht ganz ohne Handlungen aus. Das Wissen über dieses »Wesensmerkmal« und seine Entstehung entwickelten insbesondere die medizinischen, psychiatrischen und biologischen Wissenschaften.

Der Blick auf die Genese des Wissenskomplexes »Homosexualität« ist mit Foucault selbstverständlich nicht neu. Bereits Magnus Hirschfelds Buch *Die Homosexualität des Mannes und des Weibes* (1914) nimmt die erstmalige Erwähnung des Begriffs »Homosexualität« im Jahr 1869 als Ausgangspunkt, um »Homosexualität« biologisch, medizinisch und psychiatrisch als Wesensmerkmal darzustellen. Allerdings projiziert Hirschfeld sie dann in die Vergangenheit zurück und versucht, »Homosexuelle« auch in früheren Zeiten aufzufinden (ähnlich wie bei dem oben erwähnten archäologischen Fund: Auch dort werden aktuelle gesellschaftliche Sichtweisen unreflektiert auf frühere Zeiträume übertragen); und Hirschfeld universalisiert »Homosexualität« sogar weiter auf das Tierreich. Dabei verfolgt er eine eindeutige Intention: Hirschfeld möchte »Homosexualität« als »natürlich« und unabänderlich nachweisen und streitet auf diese Weise für die Aufhebung des Strafparagraphen 175, der sich gegen »beischlafähnliche«, gleichgeschlechtliche sexuelle Handlungen unter Männern richtet. Es ist »nicht zuletzt das Gesetz, das es Medizin und Psychiatrie erlaubt, ihre Wirkungen auszuüben, indem sie den Gutachtern und Gerichtsexperten die nötige Zahl von Delinquenten liefert, auf deren empirischer Basis die pathologische Diskursivierung der ›Homosexualität‹ schließlich beginnt« (Klauda, 2008, S. 13).

Neben den sich gegen gleichgeschlechtlichen Sex zwischen Männern richtenden Strafbestimmungen Preußens und des sich herausbildenden Deutschen Reiches sind es aber insbesondere die »Homosexuellen« selbst, die sich den wissenschaftlichen Disziplinen – insbesondere den biologischen und medizinischen – überantworten. Sie eröffnen den »modernen« wissenschaftlichen Diskurs und die biologische und medizinische Sicht (vgl. etwa die Arbeiten Karl Heinrich Ulrichs' und Magnus Hirschfelds), und sie liefern eine Zusammenschau der als deviant betrachteten sexuellen Erscheinungen. Im Nachweis der Unabänderlichkeit sexueller Eigenarten sehen Ulrichs und Hirschfeld die Chance, Strafbestimmungen gegen gleichgeschlechtliche sexuelle Handlungen abzuschaffen. Dabei ist Karl Heinrich Ulrichs der Erste, der »Homosexualität« als eine auf biologischen und medizinischen Grundlagen beruhende Persönlichkeitsstruktur beschreibt. Der 1825 geborene studierte Jurist Ulrichs musste 1854 seinen Justiz- und Verwaltungsdienst im Königreich Hannover quittieren, um einem Verfahren wegen »unzüchtiger Wollust« zuvorzukommen (vgl. Sigusch, 2000). Ulrichs schreibt bezüglich »Homosexualität«:

> »Hie[r]mit glaube ich denn durch wissenschaftliche Gründe den Beweis geführt zu haben: Einer Klasse von männlich gebauten Individuen ist weibliche Geschlechtsliebe [...], [also] mannmännliche Liebe, angeboren, und zwar in demselben Maße angeboren, wie dem Dioning [im Sinne von: dem Heterosexuellen] Geschlechtsliebe zu Weibern und wie dem Weibe Geschlechtsliebe zu Männern angeboren ist« (Ulrichs, 1994 [1864], zit. nach: Voß, 2013a, S. 12; Anm. H.V.).

In seiner mehrbändigen Abhandlung *Forschungen über das Räthsel der mannmännlichen Liebe* folgt auf die sozial-juristische Auseinandersetzung der biologische Band, der für die weitere Argumentation zur gesellschaftlichen Situation der »Urninge« zentral bleibt. Der Philosoph, Mediziner und Sexualwissenschaftler Magnus Hirschfeld, einer der Begründer des *Instituts für Sexualwissenschaft*, nahm vielfach auf Ulrichs Bezug und gilt als wichtiger Praktiker und Popularisierer zeitgenössischer sexualwissenschaftlicher Erkenntnisse. Auf naturwissenschaftlich-medizinischer Basis, die er mit sozialwissenschaftlichen, juristischen und historischen Perspektiven verschränkt, kategorisiert er geschlechtliche und sexuelle »Besonderheiten« und typisiert sie anhand als charakteristisch angesehener Merkmale. Im *Hirschfeldlied* (1908) von Otto Reutter wird das identifikatorische Vorgehen, das ganz offensichtlich noch nicht der Lebenswelt der Menschen entspricht, überzeichnet skizziert:

> *Das Hirschfeldlied* (Otto Reutter, 1908)
>
> Herr Dr. Magnus Hirschfeld ist ein Sachverständiger,
> ja dieser Herr ist in Berlin jetzt riesig populär.
> Der Hirschfeld hat, das geb ich zu, in manchen Punkten recht,
> jedoch mir scheint beinah, er glaubt, die ganze Welt sei schlecht.
> Er wittert überall Skandal.
> Er hält fast keinen für normal.
> Drum sieht man täglich in Berlin
> Herrn Hirschfeld durch die Straßen ziehn.
> Und jeder kriegt 'nen Schreck,

kommt Hirschfeld um die Eck!
Der Hirschfeld kommt!
Der Hirschfeld kommt!
Dann rücken alle aus.
Er holt aus allen Dingen sich noch was Verdecktes raus.
Der Hirschfeld sagt, selbst die Natur blamiert sich kolossal,
denkt an den letzten Sommer nur:
Auch der war nicht normal!
[...]
Ich hab mal früher nen Freund gehabt,
jetzt sehn wir uns fast nie.
Wir haben früher »Du« gesagt,
jetzt sagen wir wieder »Sie«.
Wir gingen als Freunde Hand in Hand,
das tun wir jetzt nicht mehr.
Nur kürzlich, an nem Regentag,
kam er mir in die Quer.
Er war verschnupft und sprach:
Ich such vergebens nach 'nem Taschentuch!
Ich sprach: Nimm meins! Du tust mir leid.
Nimms schnell, es wird die höchste Zeit.
In dem Moment, oh Schreck,
kommt Hirschfeld um die Eck.
Der Hirschfeld kommt!
Der Hirschfeld kommt!
Das Tuch schnell wieder her!
Denn so ein Taschentuch vom Freund,
das ist verdächtig sehr.
Das Taschentuch wird nicht benutzt,
laß loofen, 's ist egal,
wenn du dir jetzt die Neese putzt,
dann biste nicht normal!

Ulrichs und Hirschfeld sind in Bezug auf ihren Untersuchungsgegenstand dennoch reflektiert. Einerseits sind sie bei der Grenzziehung zwischen »Biologie« (als vermeintlicher »Natürlichkeit«) und Gesellschaftlichkeit nicht trennscharf – sie suchen noch nicht mit der später in den biologischen und medizinischen Wissenschaften verbreiteten Vehemenz nach dem »alles erklärenden« Chromosomenbereich für »Homosexualität«, sondern haben zentral auch soziale Faktoren im Blick. Andererseits sehen sie keine Notwendigkeit dafür, Menschen auf ein klares Konzept einzuschränken, und schlagen deshalb auch keine entsprechenden Maßnahmen vor. Vielmehr geht es beiden darum, dass Menschen ihr Leben selbst bestimmen können. Bei einigen heutigen Beschreibungen, die zum Teil auch von »homosexuellen« Männern stammen, ist das anders. So thematisieren der Genetiker Dean Hamer (geb. 1951) und der Neurobiologe Simon LeVay (geb. 1943), der sich selbst als schwul bezeichnet, nicht die Vielfalt geschlechtlicher und sexueller Identitäten auf der Grundlage des aktuellen wissenschaftlichen Standes zu »Homosexualität« als gesellschaftlich-biologischem Konstrukt. Stattdessen liefern sie auf genetischer (Hamer) bzw. neurobiologischer (LeVay) Ebene Theorien grundlegend angeborener und durch das Individuum nicht beeinflussbarer »Homosexualität«. Verschiedenheit und dass und wie Menschen auch oder sogar in gleichem Maße gleich- und andersgeschlechtliche sexuelle Erfahrungen machen können, die sich möglicherweise auch nicht nur im genitalen Akt erschöpfen, wird hier nicht (mehr) thematisiert. Auch zeigt sich bei Hamer und LeVay – und in der biologisch-medizinischen Theorieentwicklung über »Homosexualität« seit der zweiten Hälfte des 20. Jahrhunderts bis heute – nicht die bei Ulrichs und Hirschfeld unbedingte Orientierung auf den jeweiligen Menschen. Vielmehr werden selbst von Hamer und LeVay – auch wenn sie sich von diesen Anwendungen distanzieren – offen Fantasien verhandelt und im Diskurs gehalten, mit den Forschungen über »Homosexualität« und dem Beschreiben für sie »verantwortlicher« Gewebe und molekularbiologischer Strukturen, Interventionen zur Auslöschung des Verhaltens entwickeln zu können (vgl. Hamer, 1994, S. 214–219; LeVay, 1996, S. 255–271; auch Weiß, 2004, S. 49f., 54ff.; Voß, 2013a, S. 50f., 61f.).

Die Methoden des Sehens und Homosexualität I

Unter gleichgeschlechtlichem Sex muss je nach der den Betrachtenden zugrunde liegenden Sicht etwas Unterschiedliches verstanden werden.

Es ist bedeutsam, um welche Kennzeichen und Handlungen es geht – etwa um Küsse, Umarmungen, Reizungen von Haut- und Körperpartien, Schenkel- oder genital-penetrierenden Verkehr, verbale Artikulation zum Beispiel in Chats, Gruppenrituale in Peergroups, im Sport und im Militär etc. Es macht auch einen Unterschied, ob gleichgeschlechtlicher Sex moralisch und juristisch als soziales Verhalten gesehen wird, das gelebt (und möglicherweise restriktiv behandelt) wird – oder ob er als Phänomen gilt, das als »natürlich« qualifiziert in anfärbbaren Strukturen von Zellen und in Gehirnbereichen verortet und in diesen gelesen wird und dabei per se erst einmal nichts mit einer sexuellen Handlung zu tun hat.

Neben den Begriffen und technischen Apparaturen, die den verschiedenen Sichtweisen zugrunde liegen, sind konkrete Abstraktionen erforderlich – wir denken an die Ausführungen bei Whitehead –, um überhaupt »Sex« zu definieren und ihn von anderen Eigenschaften (und zwischenmenschlichen Umgangsweisen, etwa freundschaftlichen) abzulösen; mit der Einordnung als »gleich-« oder »andersgeschlechtlich« geht eine weitere bedeutsame Abstraktionsleistung voraus, mit der entlang der Gruppenzugehörigkeit von Menschen die Identität (hier im mathematischen Sinn als: *Übereinstimmung)* oder Differenz *(keine Übereinstimmung)* festgestellt wird. »Gleich« und »anders« sagen dabei im Übrigen noch nichts darüber aus, wie viele Möglichkeiten der Eingruppierung sich hinter der Kategorie »anders« verbergen.

Die »Homosexualitäts«-Studien bauten auf den neuzeitlichen wissenschaftlichen Methoden und Sichtweisen auf. Seit der Wende zum 14. Jahrhundert kam dem Sehen in neuer Form Bedeutung zu. Mit der Methode der Sektion menschlicher Leichen konnten neue Erkenntnisse gewonnen werden. Allerdings zielte die Sektion zunächst darauf, die alten und vorliegenden Texte zu bestätigen. Erst mit Andreas Vesalius (1514–1564) – er gilt als Begründer der modernen Anatomie – bekam Sektion eine Bedeutung im Sinne eines prüfenden und korrigierenden Blicks, um die »Wahrheit« aufzufinden. Die Mikroskopie des 17. Jahrhunderts ermöglichte ebenfalls »neues Sehen«, auch im Hinblick auf Zeugung und die zugrunde liegenden Zeugungsstoffe. Bekannt sind hier die Darstellungen kleiner »Samentierchen«, die Antoni van Leeuwenhoek (1632–1723) beim Blick durchs Mikroskop im männlichen Samen sah. Bei den »Samentierchen« – der Begriff liegt dem heutigen »Spermatozoon« zugrunde – erkannte er, dass in ihnen bereits kleine, vollständig ausgebildete Organismen in Miniatur vorhanden waren; sie sollten in der Embryonalentwicklung und nach der Geburt lediglich noch an Größe zunehmen (vgl. Voß, 2011, S. 79–82). Seit dem 17. und insbesondere im ausgehenden 18. Jahrhundert wurden Keimdrüsen als geschlechtlich different beschrieben und in Vorstellungen von (geschlechtlichen) Entwicklungsprozessen eingebunden; hinzu kamen im 19. Jahrhundert zunehmend Gehirn- und seit der Mitte des 19. Jahrhunderts Zell- und moderne Evolutionstheorien. Ende des gleichen Jahrhunderts folgten Chromosomentheorien.

Bedeutsam sind diese Theorien für die Herausbildung eines *modernen Blickes,* sowohl in der Wissenschaft als auch in der Populärsicht, dem nun eine ganz besondere und »Wahrheit« aussagende Bedeutung zugeschrieben wird. Andrea Mubi Brighenti charakterisiert den modernen Blick mit Bezug auf kritische Arbeiten von Sander Gilman (geb. 1944) und Susan Sontag (1933–2004) plastisch:

> »Die medizinische Theorie und Praxis, ebenso wie die Verbreitung von medizinischem Wissen in der populären Kultur, errichten ein visuelles normatives Modell, basierend auf dem Gegensatz von Gesundheit und Krankheit, von Schönheit und Hässlichkeit, das in einem Versuch, die Angst vor Krankheit zu kontrollieren, strategisch eingesetzt werden könnte. Im gleichen Sinn hatte Foucault [in seiner *Archäologie des Wissens* (1969)] einen Sichtbarkeits-Mechanismus am Ursprung dessen ausgemacht, was er den *regard médicale* nannte. Der medizinische Blick wurde von Foucault nicht als ein persönlicher, sondern als ein unpersönlicher, disziplinärer Blick verstanden. Die moderne Medizin gründet hauptsächlich im ›Triumph der Sicht‹, der in der Autopsie – wörtlich: ›mit eigenen Augen sehen‹ – einer Leiche erreicht wird. Der individuelle lebendige Körper präsentiert sich im Gegensatz dazu als unsichtbar, gleichermaßen aufgrund seiner organischen Tiefe, von deren Undurchdringlichkeit für die Sicht, wie aufgrund der komplizierten Verwicklungen der Symptome, die er aufzeigt. Entsprechend wurde es die Aufgabe der modernen Medizin, das Unsichtbare zurück in die Sichtbarkeit zu bringen« (Brighenti, 2007, S. 327).

Spielten Abbildungen zwar auch vor dem Kupferstich und der Fotografie in der abendländischen Tradition eine größere Rolle, um Aufgeschriebenes und Erzähltes zu verdeutlichen und auch »ungebildeten« Schichten zugänglich zu machen (vgl. etwa die Bedeutung der Kirchenfenster-Gestaltung, vgl. Reiche, 2014, S. 215), so erhoben die Darstellungen nicht den Anspruch auf Korrektheit und Wahrheit. Barbara Duden (geb. 1942) hat sich ausführlich mit der Frage befasst, wie die moderne »wissenschaftliche Tatsache ›Frau‹ […] hergestellt und popularisiert wurde« (Duden, 1991, S. 18). Sie führt aus: »Das Bild war primär *illuminatio,* nicht *illustratio*. Der Text wurde bebildert, um die Schau zu unterstützen, nicht um ein Abbild der beschriebenen Sache zu verdeutlichen« (ebd., S. 43; Hervorh. i. O.). Mit dem neuzeitlichen Blick ist dies anders und kommt dem Bild ein Wahrheit bestätigender Charakter zu. Besonders plastisch macht das Leonardo da Vinci (1452–1519) deutlich:

> »In einer Eintragung auf einem Blatt mit einer braunen Tuschezeichnung notiert Leonardo, es sei für die Anatomie wesentlich, durch das Zeichnen von verschiedenen Seiten ein ›volles und wahres Wissen‹ zu vermitteln. Die verbale Beschreibung in der Anatomie sei zeitraubend und verwirrend. Denn Worte müßten ja erst in Phantasiebilder umgesetzt werden, wohingegen die Zeichnung einen direkten Eindruck verschafft« (ebd., S. 45).

Präziser hätte der Wandel kaum zu Papier gebracht werden können: Das gezeichnete (oder später fotografierte bzw. elektromagnetisch erzeugte) Bild erscheint nun im Sinne eines »wahren Abbilds«, das die Schwächen menschlicher Verballeistung umgehe. Gleichzeitig wird die eigene Herstellungsleistung des Homo faber, in der im Übrigen Sprache zentral ist, vernachlässigt.

Zur Verdeutlichung dieses Punktes: Im historischen Vergleich ist es interessant, sich mit den Selbstbeschreibungen von Menschen zu befassen. Bevor wir auch hier zu gleichgeschlechtlichem Sex übergehen, lohnt es sich auch bei dieser Frage, sich mit feministischen Diskussionen zur Thematik zu befassen. Mit Blick auf den Besuch von Frauen bei Ärzten (Ärzt_innen) hat Barbara Duden hierfür bemerkenswerte Einblicke erarbeitet, indem sie sich einerseits mit historischen (18. Jahrhundert) Klagen von Frauen etwa über ihre »Hitzewallungen« befasst hat – und andererseits der historischen die aktuelle Körpersicht von (und auf) Frauen gegenüberstellt. Wie kommt es dazu, dass sich Frauen heute mit den aktuellen Messmethoden adäquat dargestellt fühlen? Wie lernen sie (»wir«) mit Ärzt_innen, etwa Röntgen- und Ultraschalldarstellungen als »wahrheitsgetreue Abbildungen« von sich (und »uns«) selbst zu lesen? Und wie entsteht so eine Perspektive, die auf »Vorsorge« orientiert, anstatt wie historisch etwa im 18. Jahrhundert auf konkrete Leiden und Klagen, wie sie in Begrifflichkeiten wie »Hitzewallungen« deutlich werden? Empfohlen seien zu diesen Fragen die Bücher Barbara Dudens (vgl. Duden, 1987; Duden, 1991; Duden, 2002).

In den feministischen Debatten relevant ist auch die Perspektive auf Schwangerschaft und Schwangerschaftsabbruch. Bereits im Anschluss an die mikroskopischen Studien von Antoni van Leeuwenhoek kommt es zu moralischen Warnungen vor Masturbation von Jungen und Männern: Es würde durch männliche Selbstbefriedigung Samen »verschleudert« und damit gar »vorhandenes Leben« ausgelöscht werden (vgl. Laqueur, 2008 [2004]). Hier kommt der zeichnerischen Darstellung von Miniaturen im Samen moralische Bedeutung zu. Der Anteil der Frauen an der Zeugung und der Vererbung wurde mit dieser Sicht als gering eingeordnet und auf das Tragen, Ernähren und Gebären des Embryos eingeschränkt. In gewisser Weise ähnliche und moralisch aufgeladene Bedeutung haben bildliche Darstellungen auch heute, um Frauen Gewissheiten über den Embryo in einer Schwangerschaft zu verschaffen. Einerseits werden Ultraschall-Darstellungen (und andere experimentelle Untersuchungen und bildliche Wiedergaben, wie die zum Chromosomenbestand) von den Frauen selbst so interpretiert (und oft lernen sie die Deutung), dass sie damit bereits »Leben« sehen würden (vgl. Duden, 1991, S. 38f.; Sänger, 2011, S. 130f.). Andererseits werden die Darstellungen im Sinne der Sichtbarmachung von Wahrheit gelesen, obwohl diese Bilder »auf der Grundlage von Berechnungen und Messungen erzeugt« (Sänger, 2011, S. 127) werden: »Wissenschaftliche und medizinische Bilder sind Ergebnisse von Bildverfahren, die auf der Verarbeitung von Daten durch mathematische Algorithmen beruhen. Es handelt sich um mathematische Graphen, die keinen Verweis mehr auf einen externen Referenten erlauben« (ebd.). Dieser Herstellungsprozess der Bilder und des Wissens über den Embryo und den Körper wird gesellschaftlich wie wissenschaftlich selten reflektiert. Hingegen wird auch mit Blick auf Schwangerschaft(sabbruch) deutlich, wie Bilder in einem Sinne, »Wahrheit« zu belegen, in populärer Debatte relevant sind: Gerade von sogenannten Lebensschützer_innen werden sie genutzt, um die Entscheidungsfindung von Schwangeren so zu beeinflussen, dass sie ein schlechtes Gewissen haben sollen, wenn sie einen Abbruch der Schwangerschaft beauftragen. Gleichzeitig wird über Bilder – und verbal angesprochene »Bilder in den Köpfen«, etwa »vom Leben« – die gesellschaftliche Meinung in Bezug auf Schwangerschaft und Schwangerschaftsabbruch beeinflusst (Sänger, 2011, S. 125; vgl. Busch & Hahn, 2015; Krolzik-Matthei, 2015).

Aber wie »sieht« man »Homosexualität«? Einerseits im konkreten gesellschaftlichen Umgang, andererseits in der wissenschaftlichen Experimentalanordnung? »Homosexualität« ist eben nicht auf den ersten Blick »sichtbar«, anders als es etwa im alltäglichen Umgang mit Geschlecht der Fall ist, wo wir jeweils meinen, sicher zu sein, das Geschlecht eines Menschen erkennen zu können. Bei »Homosexualität« ist dies anders. Der erste – gesellschaftliche oder wissenschaftliche – Blick auf die Person sagt nicht, ob es sich um einen »Homosexuellen« handelt. Entsprechend wird im gesellschaftlichen Umgang »Homosexualität« über unterschiedliche Zugänge erschlossen: 1) Ein konkreter genitaler Akt wurde beobachtet, berichtet und/oder entsprechend juristisch festgestellt; 2) Menschen haben, etwa aus moralischen Beweggründen, selbst medizinische und soziale oder direkt Sexualberatung aufgesucht; 3) bestimmte Handlungen im Alltag werden als »verdächtig« »homosexuell« gelesen. In der Moderne kommt dieses Sehen, wie bereits mit Verweisen auf Michel Foucault geschildert, erst nach und nach auf; einige Handlungen werden zu »verdächtigen«, und es entsteht ein Bild des »Homosexuellen«. So ist etwa historisch neu, dass zwei händchenhaltende Männer heute in der Bundesrepublik klar als »verliebt«, als »homosexuell« gelesen werden, wohingegen eine Gruppe von Männern nach Mannschaftssport gemeinsam nackt unter der Dusche stehen kann, ohne als »homosexuell« zu gelten. Noch um 1900 war es auch im Deutschen Reich nicht ungewöhnlich, dass enge Freunde Hand in Hand miteinander gingen; daraus wurde gesellschaftlich nicht auf ein sexuelles Tun miteinander geschlossen. Auch die Grenzen des »Sexuellen« waren also noch nicht so eindeutig gesteckt. Kommen wir also zum Punkt, wie die Gesellschaft gelernt hat, »Homosexuelles« zu sehen und zu lesen.

Bis zur Mitte des 19. Jahrhunderts orientierte sich die Gerichtsmedizin zum Nachweis des mannmännlichen sexuellen Aktes »wider die Natur« (verhandelt unter dem Schlagwort: Päderastie) an Paolo Zacchias' (1584–1659) Abhandlung *Quaestiones medico-legales* (Rom/Amsterdam, 1621–1635). Dieser Indizienkatalog war die wichtige entsprechende Handreichung, auf die sich Gerichtsmediziner stützen konnten. Zentral war anal-penetrierender Verkehr. Insbesondere der Anus des passiven Partners sollte untersucht werden. Der Gerichtsmediziner Johann Ludwig Casper (1796–1864) entwickelte das Verfahren fort. Auch ihm galt die Untersuchung des Anus als folgerichtig: »Die Mechanik des Aktes und seine angeblichen Spuren – Risse, Entzündungen, Dehnungen des Afters, Beseitigung der natürlichen Falten des Afters um den Anus, Feigwarzen, Wucherungen, Juckreiz – sollten die Tat bezeugen« (Müller, 1993b, S. 29). Allerdings kritisierte Casper seine Vorgänger scharf und versuchte durch eigene »Naturbeobachtung« die »wahren Tatsachen« ans Licht zu bringen. Bezüglich der Untersuchung des Anus galten ihm nur noch »zwei diagnostische Zeichen« als sicher: »die ›dutenförmige Einsenkung der nates nach dem After zu‹ und die ›faltenlose Beschaffenheit der Haut in der Umgegend des anus‹« (Casper, 1852, S. 78; zit. nach Müller, 1993b, S. 29). Casper vermutete 1852, dass das Verhalten, sich penetrieren zu lassen, bei einer kleinen Zahl Männer angeboren sei. Gleichzeitig hielt er das Untersuchungsverfahren nicht für ausreichend, um tatsächlich die ganzen mannmännlichen Akte »wider die Natur« nachweisen zu können. Er vermutete, »dass diese ekelhaften Vermischungen von Mann mit Mann gar nicht in allen Fällen so rein mechanisch geschehen, dass vielmehr die Afteröffnung nicht selten dabei ganz unbetheiligt bleiben dürfte, und dass bei nicht wenigen die unerklärliche geschlechtliche Verirrung sich in den Gränzen eines gewissen Platonismus erhält« (Casper, 1852, S. 76; zit. nach Müller, 1993b, S. 30). Diese Sichtweise wurde von dem Pariser Gerichtsmediziner Ambroise Tardieu (1818–1879) scharf kritisiert, der auf Basis der Untersuchung von 200 Ani an den Prinzipien der bisherigen Untersuchung festhielt.

Stützte Casper seine Beschreibung auf die Begutachtung von elf Personen, so veröffentlichte er 1863 in seinen *Klinischen Novellen* ein von einem »Homosexuellen« verfasstes »Selbstbekenntnis«, aus dem deutlich wurde, dass Männer, die Sex mit Männern suchten, einander finden würden, es also einen spezifischen Blick gebe, mit dem sich Gleichgesinnte erkennen würden: »Wir finden uns gleich« (Müller, 1993b, S. 30). Dieses Selbstzeugnis »stand am Beginn der zahlreichen autobiographischen Bekenntnisse, die ab 1870 in der Sexualpathologie veröffentlicht wurden« (ebd.). Auch bezogen auf die Penetrierenden suchten die Fachleute nach Indizien. Hierfür wurden von einem Autor in den 1820er Jahren Anzeichen in einer »dünnen und nicht zu langen Ruthe« (Müller, 1993a, S. 14) vermutet, Kennzeichen die allerdings von den Fachkollegen als noch »unsicherer« als die Analuntersuchung wahrgenommen wurden.

Sowohl Zacchias als auch Casper versuchen, sich ein Bild vom den Anus des Mannes penetrierenden Akt zu machen. Casper geht weiter und vermutet weit mehr zu betrachtende Akte, die nicht »so rein mechanisch« verliefen. Beide orientieren darauf, dass nur ihr eigenes Sehen und die direkte experimentelle Untersuchung einen Schluss zulassen würden. Sie sind beide aus der »angewandten Wissenschaft« Gerichtsmedizin und haben entsprechend den fachlichen Auftrag, Hinweise auf konkrete Handlungen zu finden, um einen strafrechtlichen Vorwurf zu prüfen. Gleichzeitig sehen sie sich Unwägbarkeiten ausgesetzt, weil ihre »Klienten« jeweils ihre Unschuld beteuern werden. Verlässliche Personen zur Untersuchung zu gewinnen wäre erst dadurch möglich, dass Menschen selbst zu ihrem Tun stehen – und ihre Ani als sichere Bezugsgröße für Studienzwecke zugänglich werden. Entsprechend kommt Selbstbekenntnissen und kataloghaften Kasuistiken wichtige Bedeutung zu. Eine solche Fallsammlung stammt von Franciszek Ludwik von Neugebauer (1856–1914) in Bezug auf »Hermaphroditismus« (Neugebauer, 1908). Magnus Hirschfeld liefert sie mit seinen Arbeiten auch für »Homosexualität«.

Auch wirkt das Selbstbekenntnis, dass sich die »echten« Homosexuellen »gleich erkennen« würden, der Verführungsthese entgegen, mit der gesellschaftlich die »Gefahr« beschrieben wurde, dass Jugendliche zu »Homosexualität« verleitet werden könnten. Wenn sich die »Homosexuellen« gegenseitig erkennen, dann liegt der Schluss nahe, dass der »homosexuelle Mann« den »homosexuellen Mann« begehre – und nicht etwa Männer ungeachtet ihrer sexuellen Orientierung.

Hirschfeld schließt in *Die Homosexualität des Mannes und des Weibes* an Caspers Arbeit an, gerade in Bezug auf den Punkt, dass »homosexuelles« Verhalten nicht allein aus der Anusuntersuchung geschlossen werden könne, sondern dass neben dem penetrierenden Analverkehr weitere Handlungen im Blick sein müssten. Nach Hirschfelds Erfahrung hielten sich einige »Homosexuelle« nicht für »Homosexuelle«, weil sie meinten, dass sich der Begriff »nur auf den analen Akt« (Hirschfeld, 1914, S. 12) beziehe, den sie selbst ablehnten. Hirschfeld geht weiter und verfolgt die Auffassung, dass aus einer gleichgeschlechtlichen sexuellen Handlung nicht auf vorliegende »Homosexualität« geschlossen werden könne – und schlägt des Weiteren eine ausführliche Diagnose vor, die die gesamte Persönlichkeit des Menschen und seine Lebensereignisse und -erfahrungen seit der Kindheit umfasst (für seinen Fragebogen vgl. Hirschfeld, 1914, S. 240–262[4]):

> »Der Nachweis einer homosexuellen Handlung spricht ebensowenig mit Sicherheit für das Vorhandensein echter Homosexualität, wie die Ausübung eines heterosexuellen Aktes seitens einer Frau oder eines Mannes mit Bestimmtheit dagegen spricht. Das, worauf es bei der Diagnose ankommt, ist die auf dasselbe Geschlecht gerichtete ›konträre Sexualempfindung‹« (Hirschfeld, 1914, S. 41),

also das (»angeborene«) Begehren eines Menschen zum gleichen Geschlecht (sofern dieses Begehren auf beide Geschlechter ziele, spreche man von »Bisexualität« [ebd., S. 42]). »Homosexualität« wird also für den biologischen, medizinischen und soziologischen Zugang so konzipiert, dass sie ohne jegliche gleichgeschlechtliche sexuelle Handlung

4 Hirschfelds Beschreibungen und umfassende Darstellungen basieren auf seinen eigenen Untersuchungen und einem eigens entwickelten Fragebogen, mit dem Hirschfeld in mehr als 100, möglichst ausführlich zu beantwortenden, Fragen Angaben der Ratsuchenden über den familiären Hintergrund, die Lebensgeschichte und besondere, unter anderem erbliche, Merkmale erhebt. Wenn auch eingebunden in einen medizinischen Prozess, treten hier die Selbstbeschreibungen der Ratsuchenden hervor. Aus ihnen schöpft Hirschfeld für seine Systematisierungen im »Zwischenstufenkonzept«. Der Fragebogen ist (auch online) in exemplarisch beantworteter Form nachlesbar (vgl. Hirschfeld, 1914, S. 240–262).

auskommen kann.[5] Die Persönlichkeit des Menschen sei entscheidend; hingegen werden gleichgeschlechtliche sexuelle Akte wie sie etwa unter Jugendlichen stattfinden, wird der gleichgeschlechtliche Sex sich als »heterosexuell« bezeichnender männlicher Prostituierter, wird punktueller gleichgeschlechtlicher Sex erwachsener Männer etc. aus der Definition ausgeschlossen (vgl. Hirschfeld, 1914, S. 32f.). Juristisch (und moralisch) wurde gleichwohl weiterhin der sexuelle Akt problematisiert – aber auch hier hielt die biologisch-medizinische und soziologische Perspektive Einzug, indem Fragen der möglichen Wiederholung gleichgeschlechtlicher sexueller Handlungen in der Strafzumessung (und der moralischen Bewertung, etwa »Entschuldigung« Jugendlicher) berücksichtigt wurden und entsprechend ein Persönlichkeitsprofil des »Täters« erstellt wurde. Dafür benötigt man das Bild und die Eckdaten des typischen »Homosexuellen«.

Plastisch tritt das Bild des »Homosexuellen« vor Augen, wenn man den Bildband zu Hirschfelds *Geschlechtskunde* (Hirschfeld, 1926–1930, Bd. 4) durchsieht. Hirschfeld liefert dort eine Systematisierung geschlechtlicher und sexueller »Zwischenstufen« (im Sinne von »Geschlechtermischungen« und »Geschlechtsübergängen«). »Homosexualität« sah er als eine den Geschlechtstrieb betreffende »Zwischenstufe«. Auch zuvor, bereits um 1900, sind die Publikationen Hirschfelds von zahlreichen bildlichen Darstellungen – und einer sehr bildhaften Sprache – geprägt; und im *Institut für Sexualwissenschaft* gab eine »Zwischenstufenwand« einen visuellen Überblick über die geschlechtlichen »Zwischenstufen« (Magnus Hirschfeld Gesellschaft, 2015; vgl. Peters, 2009, 191). Kathrin Peters hat in ihrer Studie *Rätselbilder des Geschlechts* aus umfassenden Bildanalysen mit Blick auf Geschlecht und Sexualität herausgearbeitet, dass Abbildungen von Hirschfeld in einer neuen und für die Sexualwissenschaft (bis dahin) einzigartigen Dimension eingesetzt wurden. Es handele sich um einen »einmalig dastehende[n] Einsatz fotografischer Bilder« (Peters, 2009, S. 164); Hirschfeld arbeite

5 Diese Aussage ist hier möglich (im Folgenden ausführlicher), weil Hirschfeld den sexualwissenschaftlichen Diskurs zu »Homosexualität« bedeutend prägte – in biologischer, medizinischer und soziologischer Dimension. Der Wissenschaftler Simon LeVay etwa bezieht sich zentral auf Hirschfeld, um sich in eine Reihe von Forschungen zu stellen, die »Homosexualität« als »natürlich« ausweisen wolle (vgl. LeVay, 1996, S. 11–40; auch Weiß, 2004, S. 49f.).

»einem Sichtbarkeitspostulat zu, das sich im Gebrauch von Fotografien niederschlägt, wie es zugleich von diesen gestützt und aufrechterhalten wird« (ebd.). Obwohl Hirschfeld einräume, »dass das ›anatomische Substrat‹ des ›Geschlechtstriebs [...] bisher noch nicht ermittelt‹ sei« (ebd., S. 163), gehe er davon aus, dass »Homosexuelle« als »drittes Geschlecht« »schon ›bei der Geburt ebenso leicht zu erkennen wären wie die beiden anderen Geschlechter‹« (ebd.). Auch komme er zu weiteren sichtbaren Merkmalen, die »Homosexuelle« kennzeichneten: »Zweifellos ist die Hautfarbe urnischer Männer in sehr vielen Fällen auffallend weiss, rosig und zart« (Hirschfeld zit. nach Peters, 2009, S. 164). An anderer Stelle kann man bei Hirschfeld lesen: »Diese [feminin tänzelnde] Gangart Homosexueller ist so charakteristisch, daß ich oft von meinem Sprechzimmer aus an der Art des Auftretens erkannte, wenn ein Urning in mein Wartezimmer kam« (Hirschfeld, 1914, S. 153). Und er kennzeichnete auch zahlreiche weitere Merkmale als »homosexuell«, etwa sei »die Neigung, in Fistelstimme zu sprechen oder zu singen, bei den Urningen weit verbreitet. [...] Ihr entspricht bei homosexuellen Frauen die Neigung, die Stimme zu vertiefen« (ebd., S. 134).

Zur Visualisierung nutzt Hirschfeld Reihen von Bildern, die gerade durch die Anordnung »Zwischenstufen« plausibel machen. Möchte Hirschfeld auf diese Weise »Naturerscheinungen« hervorheben und sichtbar machen, so wird sein Vorgehen von einigen Zeitgenossen kritisiert und als Maskerade tituliert (vgl. Peters, 2009, S. 171–176). Peters:

> »[E]s ist eine Krux mit dem Sehen. Man kann ›Naturerscheinungen‹ nicht einfach hervorheben: Jede Hervorhebung basiert auf medialen Verfahren und muss sich in kulturelle Sichtbarkeiten einpassen. Was zu sehen ist, muss sich zudem erst in einem Kollektiv durchsetzen, es steht nicht unmittelbar vor Augen« (ebd., S. 174).

Die Gesellschaft zu lehren, »Zwischenstufen« zu »sehen« und sie als naturhafte Variationen anzuerkennen, so lässt sich möglicherweise Hirschfelds wissenschaftliche und politisch-gesellschaftliche Arbeit zusammenfassen. Gleichzeitig wird auf diese Weise eine umfassende Klassifizierung und Systematisierung in Bezug auf geschlechtliche und sexuelle Merkmale geleistet – und werden »Zwischenstufen« überhaupt erst als solche »erkannt«, wie zugespitzt im Hirschfeld-Lied hervortrat. In der Folge kann sich allerdings nicht Hirschfelds wertschätzender Umgang mit Varietäten durchsetzen, sondern erhalten diejenigen gesellschaftlich und wissenschaftlich die Oberhand, die entlang der Klassifizierungen und Systematisierungen auf eine Auslöschung von »Zwischenstufen« und also auch von »Homosexualität« hinarbeiten. Selbst Hirschfeld hatte Behandlungen von »Homosexuellen« mit im Blick – und befürwortete sie, sofern die »Betroffenen« sie selbst wünschten. Eine solche Möglichkeit sah Hirschfeld zeitweise in der Transplantation von Keimdrüsen (Einpflanzung von Hoden eines »heterosexuellen« Mannes bei einem »homosexuellen« Ratsuchenden), allerdings verwarf er diese Möglichkeit der »Behandlung«, nachdem sie sich als unwirksam herausgestellt hatte (vgl. Hirschfeld, 1926–1930, Bd. 1, S. 620; vgl. Schoppmann, 1991, S. 122).

Die weitere Forschung wandte sich dem Hirschfeld noch unklaren »anatomischen Substrat« als Ursache und Begründung des nun starren Konzeptes Homosexualität zu. Hierauf zielt der folgende Überblick.

Keimdrüsen als verantwortliche Organe für »Homosexualität«: Bereits seit dem ausgehenden 18. Jahrhundert waren Keimdrüsen als geschlechtlich »weiblich« oder »männlich« charakterisiert worden. Sie wurden ab diesem Zeitpunkt different benannt – als »männliche Hoden« und »weibliche Hoden«, wobei für die Letzteren zunehmend der Begriff »Eierstöcke« Anwendung fand. Auf die Keimdrüsen wurde nun die gesamte geschlechtliche »Natur« des Menschen zurückgeführt. Sie sollten sowohl für physische und psychische Merkmale verantwortlich sein als auch für Charaktereigenschaften und die gesellschaftliche Position der Geschlechter. Gerade auch auf Basis der Keimdrüsen wurde die zurückgesetzte Position der Frauen in der Gesellschaft als »natürlich« erklärt und etwa deren Ausschluss aus den sich begründenden modernen (biologisch-medizinischen) Wissenschaften gerechtfertigt (vgl. Voß, 2010, S. 200–209). In den Betrachtungen galten die Keimdrüsen – zunehmend im weiteren Verlauf des 19. Jahrhunderts – auch als bedeutsam für den »Geschlechtstrieb« und seine Richtung, auf Frauen oder auf Männer. Nur so ergeben etwa die Experimente zur Hodentransplantation Sinn, die auch Hirschfeld kannte. Solche Experimente kamen seit dem letzten Jahrzehnt des 19. Jahrhunderts auf und wurden zu Beginn des 20. Jahrhunderts auch bei

»homosexuellen« Männern angewandt. Ab den 1920er Jahren fanden auch die ersten »Behandlungen« – in Anführungszeichen, weil sie oft zum Tod führten – transgeschlechtlicher Menschen statt (vgl. ebd.; sowie sehr eindrücklich zu einer ersten solchen Transplantation: Hoyer, 1954 [1932]).

Anfang und Mitte der 1930er Jahre war auch für die bezüglich dieser Eingriffe engagierten Wissenschaftler klar, dass über die Transplantation von Hodengewebe (oder Eierstockgewebe, auch hierfür gab es Experimente) eine »Umstimmung« der sexuellen Orientierung von »homo-« auf »heterosexuell« nicht gelingen könnte (so etwa Magnus Hirschfeld und Eugen Steinach [1861–1944]; vgl. Hirschfeld, 1926–1930, Bd. 1, S. 620; Schoppmann, 1991, S. 122; Mildenberger, 2002, S. 101f.). In der Nazi-Zeit wurden aber solche »Experimente« fortgesetzt, nun abseits jeder Freiwilligkeit, als Menschenexperimente in Konzentrationslagern. Auch an »Homosexuellen« – der Umgang des Nazi-Regimes mit ihnen war widersprüchlich[6] – fanden also Menschenexperimente statt. So experimentierte der SS-Arzt Carl Peter Jensen (auch bekannt als Carl Værnet, 1893–1965) mit einer »künstlichen Keimdrüse« an Menschen. Er verfolgte das Ziel, »Homosexualität« »zu kurieren« (vgl. Voß, 2013a, S. 28f.). In der BRD der 1960er und 1970er Jahre wurde diese Tradition zumindest punktuell fortgesetzt: So wurde Strafgefangenen – nach §175 Verurteilten – die Entlassung aus der Haft in Aussicht gestellt, wenn sie sich einer Kastration unterziehen würden. Die Hoden galten da aber kaum noch als kennzeichnend für »Homosexualität«, sondern als bedeutsam für die »Stärke« des Geschlechtstriebs. Hingegen wurde die Wirkung der Keimdrüsen auf Hormone verlagert. Von den Keimdrüsen ausgeschüttete oder mütterlich während der Schwangerschaft auf den Embryo einwirkende Hormone sollten eine begrenzte Region des Gehirns betreffen – und »verweiblichen« (bei »heterosexuellen« Frauen und »homosexuellen« Männern) oder »vermännlichen« (bei »homosexuellen« Frauen und bei »heterosexuellen« Männern) (vgl. ebd., S. 32–39).

Gehirnuntersuchungen: Für die auf das Gehirn orientierten Theorien waren die Forschungen des DDR-Hormonforschers Günter Dörner (geb. 1929) an Ratten bedeutsam; nach der Vereinigung Deutsch-

6 Zur Bewertung der Nazi-Zeit vgl. Yılmaz-Günay & Wolter, 2013.

lands erhielt er für sein Wirken das Bundesverdienstkreuz (vgl. ebd., S. 34–37). Aber auch in Bezug auf das Gehirn fanden Menschenversuche statt. So wurden in der alten Bundesrepublik der 1960er und 1970er Jahre, unter gleichem Vorzeichen wie bei den zuvor genannten Kastrationen, Eingriffe an inhaftierten sowie an in Psychiatrien eingewiesenen »homosexuellen« Männern durchgeführt. Für ihre gefährlichen Gehirnoperationen wurden etwa Gert Dieckmann (1925–2007), Hans Orthner (1914–2000), Rolf Hassler (1914–1984) und Fritz Roeder (1906–1988) bekannt. Teilweise hatten auch sie Erfahrungen mit Menschenexperimenten in den Konzentrationslagern des NS-Staates gesammelt. Bei ihren Operationen sollte ein kleiner Bereich des Zwischenhirns (Hypothalamus) mit einer erhitzten Sonde zerstört werden. Unnötig zu erwähnen, dass dabei viele der »Behandelten« starben oder schwere Hirnverletzungen erlitten (vgl. Voß, 2013a, S. 42–46).

Die Sichtweisen, dass einzelne Gehirnbereiche wie ein Puzzle jeweils für ein konkretes Verhalten verantwortlich sein sollten, gehen auf Theorien des Anatomen und Gehirnforschers Franz Joseph Galls (1758–1828) vom Beginn des 19. Jahrhunderts zurück. Er schrieb in seiner Phrenologie, dass ein einzelner Gehirnbereich jeweils für ein spezifisches Verhalten oder charakterliches Merkmal verantwortlich sei. Dabei wies er auch die Stärke des »Geschlechtstriebs« und seine gleich- oder andersgeschlechtliche Richtung einem Gehirnbereich zu. Zu seinen Lebzeiten waren seine Theorien ein Ereignis, das zahlreiche Zuhörer_innen in die Säle lockte (vgl. Hagner, 1997, S. 89–129). Hingegen wurden sie in der wissenschaftlichen Sicht nicht dominant. Trotz der überwiegenden Skepsis und eher zögerlichen Durchsetzung dieser Theorien werden sie in Bezug auf Geschlecht und (Homo-)Sexualität zentral. Die Medizinhistorikerin Ulrike Klöppel folgert in ihrem für Geschlechterbetrachtungen bedeutsamen Band *XX0XY ungelöst:*

> »In Bezug auf den Geschlechtstrieb war mit der Gehirnlokalisation eine Theorie geschaffen, die ›unnatürliche‹ Neigungen durch eine Dissoziation zwischen der Ausprägung des Gehirns und den Geschlechtsorganen erklärte [...]. Auf dieser Grundlage sollte Krafft-Ebing um 1900 die Annahme formulieren, es existiere ein zerebrales ›psychosexuales Zentrum‹, das der organische Sitz der ›sexualen Empfindung‹ [sei]« (Klöppel, 2010, S. 290).

Karl Heinrich Ulrichs und Magnus Hirschfeld schlossen an dieses Konzept an, indem sie einen »weiblichen Trieb« bzw. eine »weibliche Seele« im »männlichen Körper« postulierten. Prägnant wird dies in einer Passage deutlich, in der »Hirschfeld 1907 im Nachwort zu dem anonymen autobiographischen Bericht eines Hermaphroditen formulierte: ›Das Geschlecht des Menschen ruht viel mehr in seiner Seele als in seinem Körper, oder, um mich einer mehr medizinischen Ausdrucksweise zu bedienen, viel mehr im Gehirn als in den Genitalien‹« (ebd., S. 291, Hervorh. ausgelassen; vgl. Hirschfeld, 1993 [1907]).[7]

»Homosexualität«, hin zu einem Begehren gewendet, das auch ohne konkrete sexuelle Handlungen auskommt, lässt sich auf Basis dieser Theorien vernünftigerweise im Gehirn feststellen. Heute gehört Simon LeVay zu den auf diesem Gebiet aktiven Gehirnforschenden, die versuchen, einen festen »Sitz« von »Homosexualität« im Gehirn aufzufinden. Den vorgeschlagenen Orten wurde dabei jeweils von anderen Forschungsgruppen widersprochen (vgl. Voß, 2013a).

Allgemein entwickeln sich die Neurowissenschaften mittlerweile in eine Richtung, die zunehmend die Plastizität/Elastizität des Gehirns als bedeutsam ansieht, also insbesondere seine prozessuale Veränderung fokussiert. So wird heute etwa zusehends der Sicht widersprochen, dass das Gehirn zu einem bestimmten Zeitpunkt (nahe der Kindheit) voll ausgebildet sei und statisch verharre, sondern es wird davon ausgegangen, dass sich lebenslang Zellen im Gehirn bilden können. Insbesondere wenn sich der Mensch in einer neuen und interessanten Umgebung befinde, komme es zu einem Bildungs- und Entwicklungsschub (vgl. etwa die Publikationen von Gerald Hüther und, mit Blick auf Geschlecht, von Sigrid Schmitz, besonders empfehlenswert ist Schmitz, 2004.)

Chromosomenforschung, Genetik, Vererbung: Noch 1914 stellte Magnus Hirschfeld fest: »Auch unter dem Mikroskop unterscheiden sich die Spermatozoen Homosexueller nicht von denen Heterosexueller, möglich, daß einmal eine weitere Verbesserung optischer oder sonstiger Hilfsmittel qualitative Differenzen erkennen läßt. Bisher sind solche jedenfalls an den Keimzellen selbst nicht nachweisbar« (Hirschfeld, 1914, S. 126). Diesen Ansatz verfolgte eine weitere For-

7 Zur historischen Aufarbeitung des autobiographischen Romans vgl. sehr schön Simon, 1993, 2004.

schungsrichtung, die auf erbliche Strukturen zielte – auch bezüglich »Homosexualität«.

Bereits 1891 hatte Hermann Henking (1858–1942) beschrieben, dass aus der Meiose zwei Arten von Spermien hervorgehen würden – einige enthielten ein großes Chromatinelement, das bei den anderen fehlte. Dieses Chromatinelement wurde »X« genannt. In den weiteren, an Insekten durchgeführten, Untersuchungen wurde diese Sicht bestärkt. Aus ihren Forschungen folgerten Edmund Beecher Wilson (1856–1939) und parallel dazu Nettie Maria Stevens (1861–1912), dass bei einigen Insektenarten ein Chromosom vorhanden war, das bei den anderen fehlte; bei anderen Arten war es so, dass ein Chromosom in den Samenzellen differierte. 1909 benannte Wilson das kleinere der Chromosomen als »Y«- und 1911 das größere als »X«-Chromosom. 1923 fanden die entsprechenden Untersuchungen an menschlichen Samenzellen statt (vgl. Goldschmidt, 1911, S. 402; Mittwoch, 2000, S. 188).

Der Biologe und Genetiker Richard Goldschmidt (1878–1958) verfolgte eine zur Hirschfeld'schen ähnliche »Zwischenstufentheorie«. Er sprach von einer »lückenlose[n] Reihe von Übergängen« (Goldschmidt, 1916, S. 5f.) und bezog in diese »Homosexualität« mit ein. Geschlechtlich ging Goldschmidt davon aus, dass chromosomal »Weiblichkeits-« und »Männlichkeitsfaktoren« vorhanden wären, wobei einer der Faktoren auf dem X-/Y-Chromosom liegen würde, der andere auf den Autosomen (d. h. den übrigen, den Körperchromosomen). Damit könne sich ein von 1:1 unterschiedliches Zahlenverhältnis zwischen beiden Faktoren ergeben. Gemäß Goldschmidts Theorie hat jeder Embryo zu Beginn seiner Entwicklung bezüglich eines jeden geschlechtlichen Merkmals das Potenzial, sich sowohl in »weibliche« als auch in »männliche« Richtung zu entwickeln. Dann komme es darauf an, welcher der geschlechtlichen Faktoren überwiege. Allerdings könne ein »Umschlag« in der Entwicklung stattfinden: Bis zu einem bestimmten Zeitpunkt würde der eine, danach der andere geschlechtliche Faktor vorherrschen. Auf diese Weise würden »geschlechtliche Mischungen« in den Merkmalen entstehen – Goldschmidt nannte sie 1915/16 »Intersexualität«/engl. »intersex«. Dabei bezog er zunächst »Homosexualität« ein – auch bei »Homosexuellen« handele es sich um »Intersexe«. Später revidierte er diese Ansicht. Goldschmidts Theorie ist damit aber die erste, die konzeptionell tiefgehend »Homosexualität« mit »(Erb-)Anlagen« in Verbindung bringt (Goldschmidt, 1916; vgl. Nieden, 2005, S. 19ff.).

In größerem Maße bedeutsam wurden Erbforschungen zu »Homosexualität« hingegen erst ab den 1950er Jahren. Der Psychiater und Genetiker Franz Josef Kallmann (1897–1965), der bis 1936 im Deutschen Reich zur Erblichkeit von Schizophrenie geforscht hatte, führte erste Zwillingsforschungen zur »Homosexualität« durch. Seine Grundannahme – und die der weiteren Zwillingsforschungen – war, dass bei eineiigen Zwillingen in größerem Maße als bei zweieiigen Zwillingen und bei Nicht-Zwillings-Geschwisterpaaren beide Geschwister »homosexuell« wären. Er »bewies« diesen Zusammenhang, aktuelle Forschungen können einen erblichen Zusammenhang hingegen nicht erhärten (vgl. hierzu ausführlich Voß, 2013a, S. 51–62). Zusätzlich zu diesen Forschungen wurde im späteren 20. Jahrhundert auch direkt nach Chromosomenabschnitten gesucht, die für »Homosexualität« verantwortlich sein sollten. Für seine diesbezüglichen Forschungen bekannt wurde Dean Hamer (geb. 1951). Allerdings wurden auch seine Ergebnisse von anderen Forschenden nicht bestätigt (vgl. ebd.; ferner Hamer et al., 1993; Hamer & Copeland, 1994).

Epigenetik: Neuer bezüglich Betrachtungen zu »Homosexualität« ist die Epigenetik. Anders als in den weitreichenden, früheren Konzepten, in denen alle Faktoren der Zelle außer den »Erbanlagen« als Epigenetik betrachtet wurden, werden seit dem Beginn des 21. Jahrhunderts nur noch diejenigen Faktoren als epigenetisch angesehen, die direkt an die Erbsubstanz angreifen. Sie würden etwa zur Packung der Erbsubstanz beitragen und könnten damit Einfluss auf Merkmalsausprägungen nehmen. Auch bezüglich »Homosexualität« wird nun die Hypothese aufgestellt, dass epigenetische Faktoren für sie verantwortlich seien oder zumindest ihre Entwicklung wahrscheinlicher machen würden (vgl. hierzu ausführlich Voß, 2013b).

Die Methoden des Sehens und Homosexualität II

Interessant ist es nun, noch einmal aus einer analytischen Richtung auf die Methoden des Sehens der »Homosexualität« zu blicken. Mit einem Zitat von Hannah Arendt wurde zu Beginn dieses Kapitels nachvollzogen, welche Bedeutung neuartigen Techniken bei der Produktion von Erkenntnis zukommt. Mit Blick auf die gesellschaftliche und wissenschaftliche Thematisierung von »Homosexualität« wird deutlich, dass mit der europäischen Moderne ein ganz neues Konzept aufgekommen ist, in dem unterschiedliche Sexualitäten klar klassifiziert und gegeneinander abgegrenzt sind. Dabei wird »Homosexualität« im Kontext der schwulen Identitätsbildung naturalisiert und im Weiteren als Konzept insbesondere den biologischen und medizinischen Disziplinen überantwortet. »Homosexualität« gelte nur dann als »echt«, wenn eine grundlegende, weitreichende – und wahrscheinlich angeborene – Begehrensform vorliege, und nicht mehr einfach dann, wenn zwei Menschen gleichen Geschlechts miteinander, wie auch immer, Sex haben. Mit Hirschfeld entstanden in zunehmendem Maße Typisierungen und Reihungen geschlechtlicher »Zwischenstufen«, einschließlich der »Homosexualität«, die er und weitere Wissenschaftler »wie Insekten aufreihen und auf seltsame Namen taufen« (Foucault, 1983 [1976], S. 59; vgl. Peters, 2009, S. 178). Das Schauen, Anschauen, Ordnen und Typisieren ist eine wissenschaftliche Methode, die auf dem Augenschein aufbaut. Ein Augenschein – und das wurde Hirschfeld von Zeitgenossen vorgeworfen –, der gerade durch die Art der Reihung entstehe, bei dem links und rechts besonders markante »weibliche« oder »männliche« Figuren platziert wurden. Ein Zeitgenosse merkte so spöttisch an: »[N]eben den Athleten gestellt, der eben kein ›Durchschnittstypus‹ ist, macht sich ein Körper, den man viel eher als einen ›Durchschnittstypus‹ bezeichnen könnte, natürlich hübsch zwitterhaft« (Peters, 2009, S. 175f.).

Durch die Kategorisierung und Typisierung werden vormals im Alltag als selbstverständlich wahrgenommene Variationen sichtbar gemachte »Zwischenstufen« – auch bei Hirschfeld. Peters zeichnet in ihrer Arbeit nach, wie das »Verständnis des Normalen als Durchschnitt, als arithmetisches Mittel« (ebd., S. 109) in Bezug auf geschlechtliche und sexuelle Merkmale entstand. Abbildungen wurden in wissenschaftliche Beweisführungen eingebunden und mit Text und Tabellen in Verbindung gesetzt, und so wurde eine »Norm«, ein »Durchschnitt« etabliert und verfestigt. Es entstand das, was später und heute als »typisch menschlich«, als »typisch weiblich« bzw. »typisch männlich« gilt. So prägt es heute Schulbücher, denken wir etwa an die standardisierten Darstellungen zur »typischen« Pubertätsentwicklung von Jungen und Mädchen.

Auch die (Militär-)Statistik lieferte seit dem ausgehenden 19. Jahrhundert ihren Beitrag, den Standard festzulegen (vgl. Hartmann, 2011).

Abgesehen von dem beeinflussbaren Blick, der als durch die Methoden der Reihung und Typisierung als manipulierbar erscheint – wobei wir mit Whitehead und Einstein wissen, dass er selbstverständlich stets ein »eigener Blick« ist und eben gerade nicht unabhängig und verallgemeinerbar und somit nicht das einzig wahre Abbild eines »Dings« preisgibt –, wurde in den vorangegangenen Ausführungen die Wirkung der Methode deutlicher. Ist »Homosexualität« erst einmal da und wird die Notwendigkeit gesehen, sie in moderner Weise – also naturalisiert – zu begründen und zu etablieren, so geschieht dies mit den jeweiligen Methoden der Zeit. Zunächst galten Keimdrüsen als bedeutsam, dann das Gehirn und – parallel dazu – auch die »Erbanlagen« oder – neuer – »Gene«. Als hier über Jahrzehnte die Beschreibungen lückenhaft und widersprüchlich blieben, ergab sich mit der Epigenetik ein (vermeintlich) neuer Ansatzpunkt.

Mit dem »Teleskop, dem die Änderung des Weltbilds zuzuschreiben ist« (Arendt, 2015 [1958], S. 349), kam eine neue Sicht auf die Welt auf. Gleichzeitig scheint diese Sicht fest zu sein, zumindest in Bezug auf »Homosexualität«. Trotz der Änderung der Methoden – die Keimdrüsen, Gehirn, Hormone, Erbanlagen je spezifisch betrachten – hat sich das Verständnis von »Homosexualität« in der Biologie nicht grundlegend gewandelt. Sie wird, statisch und typisiert – wie sie es seit der Moderne geworden ist –, stets aufs Neue »bewiesen«. Aber es wandeln sich zumindest die Zuschreibungen. Wie eingangs »der Baum« mit den unterschiedlichen Techniken ganz verschieden erfasst wird, so gilt das auch für »die Homosexualität«. Sie wird einmal im Gehirn sichtbar gemacht, ein anderes Mal durch Vervielfältigungs- und Färbetechniken in Chromosomenbereichen, schließlich in den sich anlagernden Substanzen. Vor dem Hintergrund, dass »Homosexualität« auf diese Weise in molekularen Strukturen verankert wird, ist die Frage bedeutsam, was in diesen Forschungen eigentlich als »Homosexualität« gilt. Also: Was und wer wird dort eigentlich untersucht? Ist es die gleichgeschlechtliche Handlung – und welche? Ist es das Begehren, die »konträre Sexualempfindung« (Hirschfeld im Anschluss an Westphal) oder gar der »Platonismus« (Casper, im Sinne: »platonische« gleichgeschlechtliche Freundschaft/Beziehung)?

»Homosexualität« zwischen seltenem »Rätsel« und Massenerscheinung

War es bei den Analuntersuchungen noch einigermaßen klar, dass eine bestimmte gleichgeschlechtliche sexuelle Handlung betrachtet wurde, ist es mit der Kategorie »Homosexualität« schwieriger geworden. In Bezug auf biologische und medizinische Studien (aber ebenso gilt das für soziologische) ist es bedeutsam, wie die zu untersuchenden Menschen als »homosexuell« oder »heterosexuell« klassifiziert werden, weil hierdurch das abschließend erzielte Forschungsergebnis wesentlich vorstrukturiert wird. Hierfür lohnt sich ein Blick auf verschiedene Studien zum Thema »Homosexualität«. Daraus wird deutlich, dass es ganz unterschiedlich ist, wer in der jeweiligen Forschung als »homosexuell« eingeordnet wird: Mal geht es darum, dass ein Mensch sich selbst als »homosexuell« identifiziert, mal geht es um konkrete Handlungen und ihre Häufigkeit. Noch immer eine beliebte Bezugsgröße ist die sogenannte Kinsey-Skala, die sich an »homosexueller« Erfahrung orientiert. Alfred Charles Kinsey hatte – an Hirschfeld anschließend – einen Katalog von mehr als 300 Fragen entwickelt, mit dem er eine quantitative Breitenstudie durchführte, bekannt geworden als *Kinsey Report* (vgl. Haeberle, 1993). Die Kinsey-Skala unterscheidet sieben Stufen – Stufe 0 bis Stufe 6 (vgl. Abb. 1).

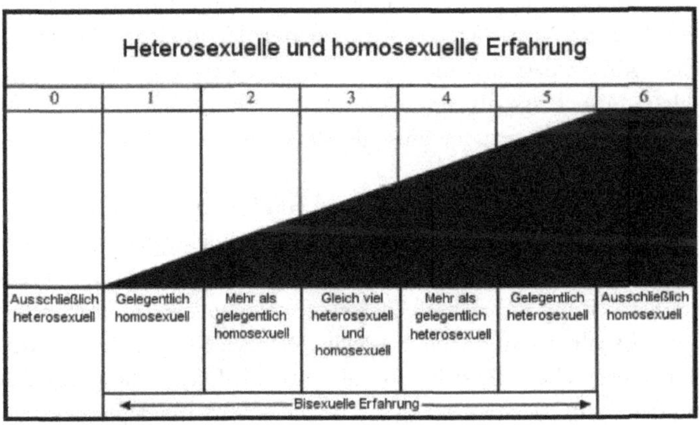

Abb. 1: Kinsey-Skala, orientiert an dem Geschlecht der SexualpartnerInnen der jeweiligen Person.

»Ausschließliche Homosexualität« sei damit nur bei Stufe 6 der Kinsey-Skala vorhanden. Nach Kinsey wären aber selbst dort – bei Stufe 6 – Personen zu finden, die ausschließlich »homosexuelle«, praktische Erfahrungen haben, aber durchaus auch gedanklich »heterosexuell« erregt werden könnten und fantasieren würden (vgl. Haeberle, 1993). Kinsey kam in seinen Studien der 1940er und 1950er Jahre in Bezug auf Männer zu den folgenden Ergebnissen:

> »37% der gesamten männlichen Bevölkerung haben wenigstens eine reale homosexuelle Erfahrung bis zum Orgasmus zwischen Jugendzeit und hohem Alter; 30% aller Männer haben zumindest einzelne homosexuelle Erlebnisse oder Reaktionen (Werte 1–6) über eine Periode von mindestens drei Jahren zwischen dem Alter von 16 und 55 Jahren; 25% der gesamten männlichen Bevölkerung haben mehr als einzelne homosexuelle Erlebnisse oder Reaktionen (Werte 2–6) über mindestens drei Jahre zwischen dem Alter von 16 und 55 Jahren; [...] 4% der weißen Männer sind ausschließlich homosexuell in ihrem Verhalten nach Beginn der Pubertät« (Haeberle, 1993, S. 234).

Der erhebliche Gewinn der Kinsey-Studien und der Kinsey-Skala liegt darin, dass der Forscher nicht die schematische Zweiteilung »Homosexualität« und »Heterosexualität«, gegebenenfalls erweitert um »Bisexualität«, nutzt, sondern die Möglichkeit schafft, dass sexuelle Verhalten der Menschen ausdifferenzierter darzustellen. Gleichzeitig zeigte Kinsey, dass sich die Auftrennung in »Homosexualität« und »Heterosexualität« als zu statisch erweist, wenn sich nur 50% der Bevölkerung als Erwachsene ausschließlich »heterosexuell« betätigten (vgl. Haeberle, 1993).

Die analytische Herangehensweise von Hirschfeld, Hamer & Co. ist hingegen eine ganz andere: Sie versuch(t)en nicht, gleichgeschlechtliche oder »homosexuelle« Handlungen aufzufinden und sie und ihre Verbreitung zu beschreiben, sondern einen wahren Kern »echter Homosexualität« zu finden. Sie such(t)en nach Kennzeichen bei denjenigen Menschen, die sich selbst als (ausschließlich) »homosexuell« definierten. In Bezug auf Männer betrachtete Hirschfeld nur diejenigen als »echt homosexuell«, die ausschließlich Männer begehrten (und gegebenenfalls auch mit Männern sexuell verkehrten). Grundlegend käme hierfür die Kinsey-Stufe 6 infrage. Da sich aber hier auch »heterosexuell« fantasierende und begehrende Menschen finden könnten, wäre diese Zuordnung nicht zutreffend. Vielmehr könnten sich rein »homosexuell« begehrende Menschen in Hirschfelds Verständnis in allen Kinsey-Stufen finden – Stufen 0 bis 6.

Für seine genetischen Studien orientierte Dean Hamer ausgehend von einer Stichprobe von Männern, die sich selbst als »homosexuell« identifizierten, auf eine noch spezifischere Gruppe. Er analysierte Auffälligkeiten auf dem X-Chromosom, weil er in Familien mit schwulen Brüderpaaren in größerem Maße als bei den Vergleichsgruppen weitere schwule Verwandte in der mütterlichen Verwandtschaftslinie ausmachte. Seine Ergebnisse – sie wurden von anderen Forschungsgruppen nicht bestätigt – lassen sich damit noch weniger auf eine »Allgemeinheit« der »Homosexuellen« zurückbinden. Spezifiziert er für die Auswahl der »Homosexuellen«, dass es solche waren, die sich selbst so benannten und dass sie entsprechend dem Fragebogen zu 90% den Stufen 5 und 6 der Kinsey-Skala zuzuordnen waren, wurde auch die »Homosexualität« der Familienangehörigen nach Möglichkeit aus Interviews erschlossen (Hamer et al., 1993; Hamer & Copeland, 1994).

Simon LeVay untersuchte die Gehirne von Verstorbenen, bei denen er retrospektiv auf die sexuelle Orientierung schloss. Hierfür war er auf Berichte angewiesen – etwa von Familienangehörigen. Gleichzeitig wäre eine weitreichende Erhebung der Sozialisation notwendig gewesen (um das konkrete Verhalten der Verstorbenen einigermaßen zu erschließen), die er in seiner Studie aber nicht vornahm. Insofern blieb als weitreichendes Auswahlkriterium seiner Studie die Todesursache: Wer an Aids erkrankt und an einer assoziierten Todesursache verstorben war, gelangte bei ihm leichter in die Gruppe der »Homosexuellen«.

Die Forschungsgruppe um William R. Rice (2012), die Hypothesen über für »Homosexualität« verantwortliche epigenetische Faktoren aufstellte, betrachtete »Homosexualität« zwar – analog zu Hirschfeld, Hamer & Co. – als seltene Erscheinung und kaum erklärbares »evolutionäres Rätsel« (Rice et al., 2012, S. 357), legte aber hierzu widersprüchlich methodisch eine durchaus Kinsey'sche Herangehensweise zugrunde, nach der es sich bei »homosexuellem« Verhalten um eine Breitenerscheinung handele. Rice et al. entschieden: »Mit Homosexualität meinen wir jegliche Form gleichgeschlechtlicher Partner-Präferenz, eingeschlossen sind dabei alle Kinsey-Stufen > 0« (ebd., S. 345; vgl. ausführlicher und zur Einordnung Voß, 2013b.). In der Interpretation wechselten Rice et al. dann wieder auf die Sichtweise, dass es sich – wie auch Hirschfeld, Hamer & Co. zugrunde legen – bei »Homosexualität« um eine rare Erscheinung handele.

Es zeigt sich, dass in Studien »Homosexualität« sehr unterschiedlich verstanden wird. Gerade bei zentralen biologisch-medizinischen Studien – Hamer, LeVay und weiteren der Neurowissenschaft und Genetik (vgl. Voß, 2013a) – ist a) die Selbstidentifikation als »homosexuell« zentral und/oder wird b) darauf geachtet, dass die Proband_innen möglichst ausschließlich »homosexuell« agierten. Hingegen geht es nicht um ein breites Kinsey'sches Verständnis erlebter anders- und gleichgeschlechtlicher sexueller Erfahrungen.

Sichtbarkeit – Macht – Handlungsmacht: Gesellschaftliche und pädagogische Dimension

In den bisherigen Abschnitten wurde gezeigt, dass der allgemeine moderne Erkenntnisweg in Richtung Prozessdenken geht. Statische Sichtweisen wurden seit dem 17. Jahrhundert und werden fortlaufend aufgelöst. In Bezug auf »(Homo-)Sexualität« zeigte sich hingegen eine gegenläufige Entwicklung. Hier sind naturwissenschaftlich – also in der Biologie – eher statische Sichtweisen vorherrschend und werden in den Untersuchungen zahlreiche der gleichgeschlechtlichen sexuellen Handlungen nicht einbezogen, etwa wenn sich Menschen nicht als »homosexuell« identifizieren oder sowohl gleich- als auch andersgeschlechtlichen Sex haben. Diese Statik zeigt sich auch in der Pädagogik – und hier ergibt sich ein Dilemma: Gilt es, junge Menschen zu befähigen, »Homosexualität« oder »Heterosexualität« in Exklusivität zu leben und entsprechend ein Coming-out zu haben – oder trägt diese statische Dimension gar nicht den Bedürfnissen der Jugendlichen Rechnung, die eher sowohl gleich- als auch andersgeschlechtliche Erfahrungen haben, möglicherweise darüber verwirrt sind und bestärkt werden könnten, sich auszuprobieren. Um diese Fragen soll es nun abschließend in diesem Abschnitt gehen.

Macht und Sehen

Die bisherigen Beschreibungen zu den modernen naturwissenschaftlichen Sichtweisen erschienen als einfacher geschichtlicher und wissenschaftlicher Fortgang, bedingt durch das Tun des Homo faber und die von ihm entwickelten neuen Methoden. In einigen Disziplinen scheinen Neuerungen – Prozessdenken, Überwinden von statischen Perspektiven – wissenschaftlich leichter vorangetrieben worden zu sein, hingegen zeigte sich bei der hier näher betrachteten moralisch aufgeladenen und umkämpften gesellschaftlichen Kategorie »(Homo-)Sexualität«, dass die moderne Wissenschaft auf ein klares und starres Erkennen von »Homosexualität« zielte – und sie dabei, gemeinsam mit den »Homosexuellen« selbst, hervorbrachte. Hier gilt es a) die Interessenlagen deutlicher in den Blick zu nehmen und dabei b) die Bedeutung von Kategorisierungen als Herrschaftsinstrument in der Moderne zu beleuchten.

Michel Foucault hat in seinen Arbeiten *Die Geburt der Klinik, Archäologie des Wissens* und *Überwachen und Strafen* für uns wichtige Perspektiven zur Bedeutung des »modernen Blicks« und von Klassifizierungssystemen als Regierungsweisen eröffnet. Darauf aufbauende, erheblich fortentwickelte und teils zu Foucault kritische Einsichten im Hinblick auf Sichtbarkeit liefert Andrea Mubi Brighenti. Sichtbarkeit bedeutet demnach nicht einfach Handlungsmöglichkeit für ein Individuum oder eine Gruppe von Menschen, wie es Ulrichs, Hirschfeld, Hamer und LeVay für ihr Publizieren und weiteres Streiten angenommen hatten. Sie gingen und gehen von einem einfachen Begriff gesellschaftlicher Anerkennung aus, einer Anerkennung, die durch genaues Beschreiben, Identifizieren und naturwissenschaftliches Begründen Menschen einer marginalisierten und strafrechtlich verfolgten Gruppe, individuell und gruppenspezifisch, gesellschaftliche Akzeptanz und Teilhabe eröffnet. Seit den Analysen von Foucault wissen wir aber, dass das nur eine Seite der Medaille ist: Sichtbarkeit im Sinne von Gesehen-und-beobachtet-Werden stellte einen zentralen Mechanismus der modernen Disziplinargesellschaft dar. Weiter und klinisch gedacht, bedeutet Sichtbarkeit »[n]icht Anerkennung, sondern Unterwerfung, Verordnung eines Verhaltens und ein Mittel der Kontrolle. In der Disziplinargesellschaft bedeutet Sichtbarkeit Vorenthaltung von Macht« (Brighenti, 2010, S. 48). Weiter: »Foucault sah im Verschwinden der

Straffolter die Ankunft eines neuen Typs von ›politischer Technologie des Körpers‹ markiert«, die unter anderem darauf aus war, »›gefügige Körper‹ zu produzieren« (ebd.; vgl. Çetin et al., 2012, S. 24–29). Strafende Institutionen und die Moral (»strafende Stadt«, vgl. Brighenti, 2010, S. 48) spielen in der modernen Gesellschaft bedeutende Rollen.

Sichtbarkeit ist also in den modernen Gesellschaften nicht von Regierungsweisen ablösbar. Gerade durch die Kategorisierung und Klassifizierung von Menschen entsprechend bestimmten Merkmalen, wird das moderne – das kapitalistische – Herrschaftsverhältnis begründet. Rassismus, Geschlechterverhältnis und Klassenverhältnis spielen zentrale Rollen dabei, die Position der Besitzenden und der Arbeitenden/Ausgebeuteten zueinander festzulegen (vgl. für einen Zugang Voß & Wolter, 2013). Mit Rassismus wird in der modernen, bürgerlichen Gesellschaft gerechtfertigt, dass einige Menschen versklavt werden dürften und sie mindere Rechte erhielten als weiße Europäer_innen (Çetin, 2012, S. 28ff.). Klassenverhältnisse schieden die weißen Besitzenden von jenen Menschen, die »die natürliche Veranlagung [...] für die ermüdenden, schmutzigen, monotonen Arbeiten« besäßen und »einen Meister [brauchen], der [sie] dazu anhält, gemäß [ihrer] Natur zu arbeiten« (Balibar & Wallerstein, 1992 [1988], S. 254). Mit dem modernen, bürgerlichen Geschlechterverhältnis entstehen schließlich

> »wirtschaftliche und ideologische Strukturen, die nichterwerbstätige Frauen in die ökonomische und emotionale Abhängigkeit von Männern drängten. [Der...] Bürgersfrau [kam nun] die Rolle der treusorgenden Gattin, Hausfrau und Mutter zu. Diese Entmachtung wurde verklärt und idealisiert, wobei im 18. Jahrhundert die Mehrzahl der deutschen Frauen dem neuen Frauenideal nicht entsprechen konnte, weil sie in Manufakturen und Fabriken Schwerstarbeit leistete« (Opitz [Ayim], 1997 [1986], S. 25).

Die Kategorisierungen wurden maßgeblich über physische, physiologische und psychische Argumente gerechtfertigt, schließlich und zentral durch die moderne Biologie und Medizin.[8] Sexualität kam und kommt

8 Vgl. zum Thema Rassismus Gould, 1983 [1981]; für das Geschlechterverhältnis Voß, 2010; für das Klassenverhältnis Balibar & Wallerstein, 1992 [1988].

hierbei eine bedeutende Scharnierfunktion zu – so wurde etwa der deutsche Kolonialismus um 1900 und werden aktuelle militärische Interventionen Deutschlands und des »Westens« in Ländern des globalen Südens maßgeblich über geschlechtliche und sexuelle Begründungen gerechtfertigt, sind sexuelle Motive in rassistischen Erzählweisen zentral und wird der weiße, bürgerliche, europäische Mann gerade auch über sexuelle Begründungen von den Frauen seiner Klasse und von den weißen proletarischen Frauen und Männern abgegrenzt (vgl. Voß & Wolter, 2013, S. 41–45, 90–95). Wurde der weiße, bürgerliche, europäische Mann sexuell im 19. Jahrhundert gegenüber dem »entsittlichten Arabien« abgegrenzt, weil dort Männer aus Sicht der europäischen »Erkunder« in großem Maße gleich- und andersgeschlechtlichen Sex praktizierten, so wird heute aus Europa hegemonial gegenläufig argumentiert und eine besondere Repressivität in Ländern des arabischen Raums gegenüber »Homosexualität« postuliert (vgl. Klauda, 2008, S. 17f.; Bauer, 2011, S. 268–311; Voß & Wolter, 2013, S. 25, 93f.). Auf beide Weisen wird eine »Zivilisiertheit« Deutschlands (und des »Westens«) gegenüber dem Osten und Süden proklamiert, werden rassistische Politik im Inneren und militärische Intervention in der Außenpolitik gerechtfertigt (vgl. hierzu ausführlicher Puar, 2008 [2007]; Haritaworn et al., 2014 [2006]; Yılmaz-Günay [Hrsg.], 2014 [2011]).

Kategorisierung und Klassifizierung sind also nicht »unschuldig«, sondern haben wesentlichen Anteil an modernen staatlichen Politiken, der Herstellung und Aufrechterhaltung von Herrschaftsverhältnissen. Die Anerkennung des Individuums und einer Gruppe von Menschen erfolgt durch institutionalisierte Verfahren. Brighenti:

> »Die Identifizierung wird typischerweise durch den Staat im Hinblick auf die Bevölkerung ausgeübt und erreicht ihre vollendete Form in Instrumenten der Klassifizierung und Kontrolle. Seit dem 19. Jahrhundert gehören dazu Einträge beim Standesamt und Personalausweise. Biometrische Instrumente der (An-)Erkennung wurden seit dem späten 19. Jahrhundert eingeführt […]« (Brighenti, 2010, S. 54).

Strafe ist in dieser Hinsicht auch eine Form staatlicher »Anerkennung« – Individuen und Gruppen werden erkannt, sichtbar gemacht und eingebunden in bürgerlich-gesellschaftliche Normen, strafrechtlich verfolgt und/oder gesellschaftlich diskriminiert. Das Streiten gegen Strafverfolgung und gegen Diskriminierung nutzt auch Weisen des Sichtbarmachens, um auf Verfolgung und Benachteiligung hinweisen zu können – es geht um »Anerkennung« in einem Sinne, von Verfolgung und Diskriminierung frei zu werden. Hier hat die Schwulenbewegung der 1970er und 1980er Jahre viel erreicht, für zahlreiche der Streitenden verbunden mit massiven und existenziell bedrohlichen und zerstörenden Folgen. Durch Streiten und institutionelle Maßnahmen wurde die staatliche Verfolgung »Homosexueller« in der Bundesrepublik aufgehoben und ihre Diskriminierung abgemildert. Mit der »Aktion Standesamt« wurde die Einbindung der »Homosexuellen« in die bürgerlich-heterosexuellen Normen der Anerkennung (weitgehend) komplett. Grundlage bleibt dabei weiterhin, dass »Homosexuelle« klar als solche erkannt werden müssen – und dass sie sich zu »ihrer Homosexualität« und einem »moralisch guten« bürgerlichen Lebenswandel (u.a. als Paar, arbeitend, in »Verantwortung füreinander« [bei zugesicherter Entlastung der Sozialkassen im Fall von Arbeitslosigkeit]) bekennen müssen, um »anerkannt« zu sein, an Vergünstigungen teilhaben zu können und vor Diskriminierung geschützt zu sein. Eine nicht klar auf Frauen oder Männer zielende sexuelle Orientierung, eine nicht eindeutige geschlechtliche Identität, nicht so klar geordnete geschlechtlich-sexuelle Lebensverhältnisse (mit mehreren Partner_innen) sowie Armut, Arbeitslosigkeit, Migrationshintergrund, illegaler und nicht-deutscher (Staatsanghörigkeits-)Status bedrohen die Teilhabemöglichkeiten.

Der aktuelle Stand der Auseinandersetzung führt zum Einschluss der einen »Homosexuellen« und ihrem Schutz vor Diskriminierung, nämlich derjenigen, die »eine gewisse Stetigkeit« (Oesterle-Schwerin, 1991, S. 34; vgl. Voß, 2013c) versprechen; hingegen kommen andere »Homosexuelle« aufgrund ihrer Lebensweise – wechselnde Sexualpartner_innen, »Bare-backing«, wechselnde geschlechtliche und sexuelle Verortung, Armut, Migrationshintergrund, Nicht-EU-Staatsangehörigkeit – in den besonderen Blick des Staatswesens und der bürgerlich-moralischen Gesellschaft und leben weiterhin gefährdet oder sogar noch gefährdeter als zuvor. »Wenn sich Personen über die obere Schwelle korrekter Sichtbarkeit hinausbewegen oder gestoßen werden, betreten sie eine Zone von Supra- oder Supersichtbarkeit, in der jede ausgeführte Handlung, weil sie übermäßig sichtbar ist, so enorm wird, dass sie die handelnde Person paralysiert« (Brighenti, 2010, S. 46; vgl. ausführlicher im ersten Kapitel dieses Bandes). Das gelte etwa für die sogenannte »Unterschicht« und migrantische Communities.

Ja, ich bin so – und das ist gut so. Vom schwulen Coming-out

Liest man in aktuellen Handreichungen für schwule und lesbische Jugendliche, etwa im Aufklärungsband *How to Be Gay. Alles über Coming-out, Sex, Gender und Liebe* (von James Dawson 2015 in der deutschsprachigen Übersetzung erschienen), so erhält man als ratsuchende_r Jugendliche_r den Hinweis, dass ein Coming-out – ein inneres und ein äußeres – auf jeden Fall für die eigene Identitätsbildung hilfreich ist und dafür, sich gegen Diskriminierung zur Wehr setzen zu können. »Ja« – ist die klare Antwort, die man erhält, wenn man sich vor der Frage sieht, gleichgeschlechtlich zu begehren oder gleichgeschlechtlichen Sex haben zu wollen. Viele Lesben und Schwule werden diese Sicht teilen – für viele war es befreiend, sich klar als lesbisch oder schwul zu bekennen. Für andere war es nicht so glücklich, distanzierten sich zum Beispiel die Eltern. Von diesen Möglichkeiten erfährt man auch rasch, gibt es doch eine weitreichende Unterstützungsstruktur in regionalen lesbisch-schwulen Vereinen, die Orientierung und Hilfe anbieten.

Eine solche Bekenntniskultur hat einen historischen Hintergrund. Gerade in Deutschland ist sie geprägt von einer über lange Zeit anhaltenden strafrechtlichen Verfolgung von mann-männlichem Sex (und auf andere Weise frau-fraulichem Sex). Nach der Entschärfung des Paragrafen 175 durch Bundestagsbeschluss im Jahr 1969 – nicht durch Revolte, wie in den USA – etablierte sich auch in der alten BRD eine Subkultur, in der es möglich war, unter einigen Strapazen schwul bzw. lesbisch zu leben. Demonstrationen sollten in den 1970er und 1980er Jahren mehr Öffentlichkeit – Sichtbarkeit – erreichen und auf die diskriminierte Situation der Lesben und Schwulen hinweisen. In diesem Zuge und aus einer solchen kämpferischen Sicht galt und gilt ein selbstbewusstes »Ja, ich bin schwul« bzw. »Ja, ich bin lesbisch« als *der* Weg, dass eigene Leben selbstbewusst und individuell zu gestalten.

Mittlerweile hat sich die Situation gewandelt. Seit 1994 ist auch in der BRD – in Angleichung an die Rechtslage der DDR – der Paragraf 175 verschwunden. Statt einer strafrechtlichen Verfolgung richten sich nun Integrationsangebote an »die Homosexuellen«, in der Gesellschaft in möglichst geordneten Verhältnissen zu leben. Entsprechend outeten sich zuletzt auch zahlreiche prominente Politiker im späteren Lebensalter und gelten nun als positive Identifikationsfiguren: Klaus Wowereit, Ole von Beust, Guido Westerwelle. Es gehört zur wichtigen und sehr wertvollen Entwicklung, dass Diskriminierung aufgrund der sexuellen Orientierung in der BRD nicht mehr stattfinden soll. Entsprechend werden selbst die angestaubten Lehrpläne überarbeitet, in denen es in den 1990er Jahren noch ganz »normal« war, dass Homosexualität (und jede Form gleichgeschlechtlichen sexuellen Handelns) als Krankheit dargestellt werden konnte. Hier vollziehen sich die notwendigen Veränderungen, die zunehmend weite Bereiche der Gesellschaft umfassen und sich insgesamt auf geschlechtliche und sexuelle Vielfalt erstrecken. Gleichzeitig wandelt sich damit auch der Stellenwert des Coming-outs: Es hat nur noch bedingt die die jeweilige Person selbst aufrüttelnde und empowernde Wirkung, wenn die Eltern auf das Bekenntnis hin nur mit den Achseln zucken und sagen »Es ist, wie es ist«, und in der Gesellschaft zumindest nicht mehr in der Schärfe wie früher gegen Diskriminierung aufgrund der sexuellen Orientierung gestritten werden muss. Gleichwohl können mit dem Coming-out weiterhin negative Erlebnisse im Elternhaus und zum Beispiel in der Schule verbunden sein. Schon aus dieser Sicht gilt es weiterhin, individuell ein Coming-out abzuwägen.

Nur dann, wenn man sich in die bürgerliche Ordnung integriert und wenn man überhaupt als integrierbar in diese gilt, ergeben sich aktuell mehr Möglichkeiten für lesbische und schwule Paare. Wer hingegen das Integrationsangebot nicht annimmt und von bürgerlichen Normen, »stetig« und in Paarbeziehung zu leben, abweicht, lebt in der Gesellschaft sogar in zunehmendem Maße gefährdet. Das kann etwa der Fall sein, wenn ein Mann gern promisk mit Männern Sex in Parks haben möchte (neue staatliche Sanktionen können ihn hier bedrohen), und es ist der Fall, wenn er arm oder wenn er Schwarz ist. Gleichzeitig bedeutet die staatliche Integration der »Homosexualität« und der »Homosexuellen«, dass nun »Frauenrechte« und Rechte von Lesben und Schwulen als Herrschaftsinstrumente eingesetzt werden, etwa um Kriege und weitere imperialistische Strategien zu begründen und zu befördern.

Wenn sich die Interessenlagen hinter dem Begriff »homosexuell« durch rassistische, sexistische und klassistische Diskriminierung sehr breit auffächern, ist einerseits das kämpferische Potenzial gering, das sich für Menschen ergibt, wenn sie »Homosexualität« in ihrer Identität zentral setzen und werden andere Interessenlagen bedeutsamer. Wie etwa Arme und Menschen of Color durch die Gentrifizierung auch von schwuler, lesbischer und queerer Mittelklasse aus Stadtteilen vertrieben werden – das gehört zu den Themen, die zunehmend reflektiert werden müssen. Im folgenden Kapitel dieses Buches geht es ausführlich um diese Fragen: Raumpolitiken, Gentrifizierung, Verdrängung.

Pädagogische Entscheidung: Zwischen »Homosexualität« und gleichgeschlechtlichem Tun

Ganz verwundert reagieren die aktuelle Sexualwissenschaft und die Pädagogik auf Feststellungen, dass sich trotz aller Liberalisierung Schimpfwörter rings um das Wort »schwul« auf Schulhöfen großer Beliebtheit erfreuen. Ganz so verwunderlich ist das indes nicht, wenn man bei dem analytischen Blick auf »Homosexualität« bleibt. Hierzu hat Norbert Reck in dem Aufsatz *Befreiung von der Homosexualität* (Reck, 2007) vorgelegt. Reck umreißt darin die Optionen, die Kinder und Jugendliche heute haben, sich selbst, ihre Geschlechtlichkeit und Sexualität zu entdecken. Die Entdeckung erfolgt schon eng gespurt, denn »[b]evor in Jugendlichen ein ernsthafteres sexuelles Verlangen nach anderen Menschen erwacht, wissen sie schon, dass es dafür in der Hauptsache zwei Begriffe gibt: Heterosexualität und Homosexualität« (Reck, 2007, S. 166). Vor diesem Hintergrund sei ein eigenständiges Entwickeln der eigenen Gefühle unmöglich, vielmehr gehe es vornehmlich darum, in vorgegebene Rollen hineinzuwachsen.

In der aktuellen liberalen Gesellschaft und ihren Medien wird dabei durchaus ein breites und wohlwollendes Bild von Lesben und Schwulen gezeichnet. Sie erscheinen nicht als »schrille und überdrehte Charaktere« (ebd.). Das Problem hingegen ist, wie Reck ausführt, dass

> »bei allen Erwähnungen implizit vermittelt wird, dass Schwule und Lesben eine andere Art Menschen sind – zwar durchaus gleichberechtigt zu behandeln, aber dennoch: eine *andere Art*. Die Jugendlichen der Gegenwart leben im Bewusstsein, dass es Homosexuelle ›gibt‹, dass sie überall vorkommen und dass es ihnen selbst passieren kann, entdecken zu müssen, zu dieser anderen Art zu gehören. Diese Entdeckung – der erste Schritt im ›Coming-out‹ – hat somit heute eine veränderte Bedeutung: [...] Es handelt sich heute um die Entdeckung, ein ›Kuckucksei‹ zu sein, zu einer anderen Art zu gehören, das heißt aus der Mehrheitsgesellschaft und ihrer Kultur herauszufallen. Das Coming-out ist darum zuerst einmal die Erfahrung einer Ausbürgerung und eröffnet sodann die für Jugendliche oft wenig verlockende Perspektive, sich in einer schwulen oder lesbischen Subkultur einbürgern zu dürfen« (ebd., S. 166f.; Hervorh. i. O.).

Noch immer verlaufe das Coming-out dabei nicht einfach, sondern es seien damit nur andere Probleme verbunden als noch vor einigen Jahrzehnten.

Aber auch für die erwachsene Mehrheitsgesellschaft erweist sich diese Konstellation, mit den in ihrer Andersartigkeit festgeschriebenen Homosexuellen, als produktiv. Gleichgeschlechtliches Begehren ist so sichtbar auf eine klar umrissene Personengruppe ausgelagert: Lesben und Schwule sind die Anderen. Die heterosexuelle Mehrheitsgesellschaft muss sich somit nicht mit den eigenen gleichgeschlechtlichen Wünschen auseinandersetzen. Ihre (aktuelle liberale) Toleranz und Akzeptanz erkennt (weiße) Lesben und Schwule an – aber als Andere. Diese Anerkennung als Andere (vgl. erstes Kapitel dieses Buches) ist damit ganz klar Teil homophober gesellschaftlicher Prägung. So gesetzt, sind sie in einer Situation – und sie haben sich selbst in diese gebracht –, aus der sie nicht entrinnen können, wenn sie das klare Identitätskonzept beibehalten. Sie können sich noch so kritisch oder noch so staatstragend gerieren, sie können noch so intensiv an Politiken der Mehrheit teilnehmen (etwa sich an militärischen oder rassistischen Aktivitäten beteiligen), sie können noch so wichtige Ämter einnehmen: Sie bleiben die Anderen, klar festgeschrieben in ihrer – sexuellen – Identität. Und die Liberalität einer Gesellschaft kann immer auch – durch reaktionäre Kräfte – zurückgenommen werden.

Das heutige liberale – tolerante – Paradigma ist dabei nahtlos mit den historischen Entwicklungen und der biologisch-medizinischen Fundierung des Identitätskonzepts »Homosexualität« verbunden:

> »Wer [seit der Moderne] Lust auf Sex mit Menschen desselben Geschlechts verspürte, hatte nicht einfach nur Lust, sondern spürte das Zutagetreten der eigenen ›Naturanlagen‹. Nicht das Ich äußerte also einen Wunsch, sondern die Biologie meldete sich mit einem Diktat. Diesem Diktat sollte man besser gehorchen [...]. Man sollte seine ›Triebe‹, seine Andersartigkeit akzeptieren, ganz ähnlich, wie man es akzeptieren muss, wenn man eine Erbkrankheit hat. ›Warum widerfährt gerade mir dieses Schicksal?‹, fragen Jugendliche, die gleichgeschlechtliche Wünsche verspüren und deshalb meinen, ›homosexuell‹ zu sein. ›Warum hat Gott gerade mich so gemacht?‹, fragen religiöse Jugendliche. Das Konzept der Homosexualität als Naturanlage konfrontiert die ›Betroffenen‹ also zunächst mit etwas Ungewolltem, Fremdem, wie mit einem Schicksalsschlag. Manchen gelingt es, ihre ›Homosexualität‹ irgendwann ›anzunehmen‹; andere hadern damit lebenslang« (ebd., S. 170; Anm. H. V.).

Vor dem Hintergrund dieser Konstellation ist es gar nicht mehr verwunderlich, dass Kinder und Jugendliche, entgegen dem erhobenen pädagogischen Zeigefinger, den Begriff »schwul« abwertend verwenden. Auch wenn es sich bei ihnen oft nur um belangloses Flachsen handelt, versichern sie sich auf diese Weise ihrer eigenen »Heterosexualität«, also nicht zu den »Anderen« zu gehören. Diese heterosexuelle Selbstversicherung funktioniert selbst dann, wenn sie gleichzeitig gemeinsam gleichgeschlechtlich masturbieren. Deutlich wird aber, dass sich jede jugendliche sexuelle Selbstverortung (in unseren geographischen Breiten) in der spannungsreichen Selbstzuordnung zu »homosexuell« oder »heterosexuell« bewegt.

Statt jeder und jedem Jugendlichen das klare Selbstbekenntnis abzuverlangen, das notwendig mit der Abgrenzung von Möglichkeiten und eigenen Wünschen verbunden ist, könnte es aussichtsreicher und diskriminierungsärmer sein, das Identitätskonzept aufzugeben und stattdessen Räume zu eröffnen, in denen sich Kinder und Jugendliche selbst geschlechtlich und sexuell verorten und ausprobieren können. Sie müssen dann nicht befürchten, aufgrund ihres sexuellen Tuns zu den »Anderen« zu werden oder sich eigene gleichgeschlechtliche Wünsche nicht erfüllen zu können. Dass das Ausprobieren schon stattfindet – bei Mädchen mehr als bei Jungen –, zeigen Jugendstudien.[9] Die Jugendlichen und jungen Erwachsenen vollziehen also möglicherweise die Auflösung der starren Grenzen in der Praxis. Wie wirkmächtig dabei aber das Postulat des »innewohnenden Begehrens« bzw. der »konträren Sexualempfindung« bleibt oder ob es durch die eigenen sexuellen Lebenserfahrungen in der Vorstellung der Menschen selbst und von dort aus auch in den gesellschaftlichen Übereinkünften ad absurdum geführt wird, muss sich in den kommenden Jahren und Jahrzehnten zeigen.

9 Die aktuelle Jugendstudie von Konrad Weller und Kolleg_innen (Weller, 2013) zur Jugendsexualität in Ostdeutschland zeigt, dass junge Menschen sowohl gleich- als auch andersgeschlechtliche Erfahrungen machen. »Nur« 58% der befragten Mädchen und 85% der befragten Jungen im Alter zwischen 15 und 19 Jahren gaben an, ausschließlich »auf das andere Geschlecht« zu stehen, 24% der Mädchen und 10% der Jungen gaben an, intime Kontakte mit einem gleichgeschlechtlichen Partner gehabt zu haben.

Homo- und queerpolitische Dynamiken und Gentrifizierungsprozesse in Berlin

Zülfukar Çetin

»*Eine Begegnung von Muslimen und Homosexuellen in einer Moschee wird abgesagt*«, beginnt ein Bericht der *taz*, um den vermeintlich gescheiterten Versuch eines Treffens zwischen LSBTI-Repräsentant_innen und Vertreter_innen der Berliner Şehitlik-Moschee zu skandalisieren (vgl. Wierth, 2014).

Jenseits solcher Skandalisierung geht dieses Kapitel[10] auf homonationalistische Tendenzen und damit einhergehende Transformationsprozesse in der Stadtteilpolitik deutscher Großstädte am Beispiel von Berlin ein. Analog zu dem von Birgit Rommelspacher (1945–2015) geprägten Konzept der *Dominanzkultur* (vgl. Rommelspacher, 1995) wird der Versuch unternommen, das Konzept des Homonationalismus unter die Lupe zu nehmen und zu erläutern, wobei hier kein Anspruch auf vollständige Übertragbarkeit der beiden Konzepte erhoben wird.

Rommelspacher geht von Zusammen- und Wechselwirkungen der rassistischen, heterosexistischen und klassenspezifischen Dominanzverhältnisse aus. Ihr zufolge soll eine Gesellschaftsanalyse »unterschiedliche Machtdimensionen« als »im Sinne eines *Dominanzgeflechts* miteinander verwoben« betrachten (Rommelspacher, 2006, S. 3). Rassismus, Heteronormativität und Klassenherrschaft beeinflussen und bedingen sich gegenseitig und verstärken sich beim Praktizieren von

---

10 Dies ist die aktualisierte und deutlich erweiterte Fassung eines Beitrags, der 2015 in dem Sammelband *Dominanzkultur reloaded: Neue Texte zu gesellschaftlichen Machtverhältnissen* erschienen ist (vgl. Çetin, 2015b).

Aus- und Einschlüssen in den sozialen Räumen wie im Wohn- und Arbeitsbereich oder in den Institutionen des Staates und der Stadtverwaltung. Auch in der sogenannten Zivilgesellschaft, die sich in die Sozialpolitik einbringt und damit zwangsläufig Einfluss auf sie nimmt, begegnet man der Verwobenheit der genannten Machtdimensionen.

Rommelspacher geht in ihren langjährigen Gesellschaftsanalysen sozialen Ungleichheiten auf den Grund. Um das Wirken der Dominanzkultur zu veranschaulichen, stellt sie den westlichen universalistischen Gleichheitsanspruch infrage und dekonstruiert ihn am Beispiel des weiß-feministischen Emanzipationsdiskurses. Dieser geht von der Unterdrückung der nicht-weißen Frauen in einer (konstruierten) muslimischen Welt aus, während er die weiß-europäischen Frauen als emanzipiert bzw. als Kontrast zu ihnen herstellt. In diesem Diskurs wird dem Westen ein »überlegener, zivilisierter« Status zugeschrieben, während der »Rest der Welt« als »unzivilisiert« und »rückständig« deklariert wird (vgl. auch Hall, 1992; Attia, 2009; Prasad, 2014; Shooman, 2014). Parallel zum weiß-feministischen Emanzipationsdiskurs rund um das Thema der »unterdrückten muslimischen Migrantin« wird der Diskurs der »von ihren eigenen Communities verfolgten und diskriminierten muslimischen Schwulen« nach wie vor gepflegt. In beiden Fällen geht es um die Konstruktion der Unsichtbarkeit der »muslimischen« Migrantin und des »muslimischen« Schwulen.

Unsichtbar gemacht werden in diesem Emanzipationsdiskurs die Widersprüche des weißen Feminismus, der sich zwar gegen Unterdrückung muslimischer oder als muslimisch markierter Frauen einsetzt, aber in seinem feministischen Engagement nicht nur Rassismus gegenüber muslimischen Männern reproduziert, sondern auch gegenüber Frauen, die aufgrund der (vermeintlichen) Religions- und Kulturzugehörigkeit zu passiven, nicht-handelnden, gebärenden, zu befreienden Figuren gemacht werden. Ein weiterer Widerspruch des weißen Feminismus manifestiert sich in der Ausblendung (im Rahmen dieses Diskurses) der Sexismus-Erfahrungen auch weißer, gebildeter und erwerbstätiger Frauen, die sie in ihren Partnerschaften, Arbeitsverhältnissen und anderen gesellschaftlichen Bereichen machen müssen. Der weiße Feminismus versäumt es in seinem Emanzipationsdiskurs auch, die Rassismus-Erfahrungen der als nicht-emanzipiert konstruierten muslimischen Frauen anzuerkennen. Birgit Rommelspacher zufolge weist der Begriff der Emanzipation weitere Unstimmigkeiten in Bezug auf seinen politischen Anspruch auf:

> »Zum einen stützt er die Hierarchisierung zwischen Frauen und zum anderen befördert er durch die Ausblendung anderer Machtverhältnisse, wie [...] der ethnischen Hierarchie, eine Illusion von Emanzipation, die der Frage nach der Umverteilung im Geschlechterverhältnis aus dem Weg geht [...] Für die Frauen der Mehrheitsgesellschaft sichert er nicht nur den eigenen Aufstieg ab, sondern entlastet auch das eigene Geschlechterverhältnis, indem die Konflikte gewissermaßen ausgelagert werden« (Rommelspacher, 2009a, S. 4).

In diesem Zusammenhang zeigt Rommelspacher die Verstrickungen unterschiedlicher Dominanzverhältnisse in postkolonialen, durch Patriarchat, Klassenherrschaft und Rassismus bestimmten Gesellschaftsstrukturen auf. In diesen Dominanzverhältnissen sind, wie im Folgenden dargestellt werden soll, die Zivilgesellschaft, der Staat, die Wissenschaft und die Medien miteinander verzahnt, im Sinne von Allianzen für die Fort- und Durchsetzung eines Emanzipationsauftrages, zu dessen Erfüllung rassistisch geprägte Migrations-, Geschlechter- und Sexualpolitiken praktiziert werden.

Kritische feministische Akademikerinnen wie Nivedita Prasad und Esra Erdem greifen die Diskurse bezüglich der migrationspolitischen Situation der als Migrantinnen und Musliminnen markierten Frauen auf und konstatieren, dass der weiß-feministische Emanzipationsdiskurs in der BRD nicht nur medial gepflegt wird, sondern gleichzeitig sowohl die Soziale Arbeit als auch die Sozialpolitik und die Sozialforschung beeinflusst. Sie zeigen in ihren wissenschaftlichen Arbeiten auf, zu welchen besorgniserregenden (aufenthalts-)rechtlichen Konsequenzen der weiß-feministische Emanzipationsdiskurs führt (vgl. Prasad, 2014; Erdem, 2009). Auch Rommelspacher stellte in ihrer Forschung fest, dass sich seit dem »Kopftuchurteil« im Jahr 2003 die Debatte um die Emanzipation der muslimischen Frauen ausgeweitet hatte und noch grundsätzlicher wurde. Themen wie »Zwangsheirat, Ehrenmord und männliche Gewalt« waren immer häufiger der Anlass, die Frage zu stellen, ob *der* Islam überhaupt mit westlichen Demokratien vereinbar sei, und es wurde – und wird weiterhin – immer eindringlicher vor den Einflüssen der Islamisten auf die westlichen Gesellschaften gewarnt (Rommelspacher, 2009a, S. 1).

Im Jahr 2007 wurde beispielsweise das Aufenthaltsgesetz unter anderem dahingehend verschärft, dass Heiratsmigrant_innen aus sogenannten Drittstaaten vor der Einreise nach Deutschland Deutschkenntnisse vorweisen müssen. Im Rahmen dieser Gesetzesänderung wurde außerdem das Mindestalter für Heiratsmigrant_innen erhöht, um vermeintliche Zwangsverheiratungen zu verhindern (vgl. Prasad, 2014, S. 97). Diese Verschärfung des Gesetzes entsprach außerdem den Forderungen der »hegemonial-feministischen Vertreterinnen der Zivilgesellschaft« (ebd., S. 97). Insbesondere die Studie *Zwangsverheiratung in Deutschland – Anzahl und Analyse von Beratungsfällen,* die 2007 im Auftrag des Bundesministeriums für Familie, Senioren, Frauen und Jugend in Zusammenarbeit mit der weiß-feministischen Organisation *Terre des Femmes* durchgeführt worden war (vgl. ebd., S. 96), wurde zur Begründung der Neuregelung herangezogen und förderte kulturalistische, rassistische und genderspezifische Diskussionen über Integration, Zivilisation oder Modernität in Deutschland. Im Zuge dieser Auseinandersetzungen wurde der weiße Feminismus zu einem hegemonialen Feminismus, der die bundesrepublikanische Gesellschaft auf Grundlage der (post-)christlich-westlichen Werte für aufgeklärt, fortgeschritten und menschenfreundlich erklärte und als durch die muslimisch geprägten Migrant_innen bedroht imaginierte (vgl. Çetin & Taş, 2014; Prasad, 2014).

Parallel zum weiß-feministischen Emanzipationsdiskurs, der trotz seiner Widersprüche einen universalistischen Repräsentationsanspruch für alle Frauen geltend macht und dadurch die »freiheitlich-demokratischen« Werte der weiß-europäischen Gesellschaften zur Norm erhebt, entwickelt sich im Westen spätestens seit den 2000er Jahren ein antimuslimisch-rassistischer Homophobie-Diskurs (vgl. Çetin, 2012, S. 73ff.).

In der Studie *Homophobie und Islamophobie* (vgl. ebd.) konnte dieser Diskurs anhand der biographisch-narrativen Interviews mit binationalen schwulen Paaren analysiert und die Verschränkung von Rassismus und Heteronormativität unter Berücksichtigung der in Europa vorherrschenden Antidiskriminierungspolitik aufgezeigt werden. Zur Analyse der mehrdimensionalen Diskriminierung wurden die Interviewpartner ausgewählt, deren Mehrfachzugehörigkeiten, wie zum Beispiel *schwul, muslimisch, migrantisch und erwerbslos,* diese Diskriminierungen begünstigen. Eine der zentralen Fragestellungen der Studie galt den Auseinandersetzungen mit den Situationen und Kontexten, in denen sich Heteronormativität, Rassismus und Klassenherrschaft überschneiden und die Lebenslage der Interviewten im besonderen Maße bestimmen. Aus der Studie ergab sich, dass die Interviewten Diskriminierungen aufgrund von rassistischen Zuschreibungen, der zugeschriebenen religiösen Zugehörigkeit, des institutionellen Rassismus, von Homophobie sowie aufgrund des sozialen Status erfahren (vgl. ebd.). Sie konnte belegen, dass die Diskriminierung gesellschaftlich und geschichtlich bedingt ist und die gegenwärtige Situation einer Gesellschaft, in der die Migration nicht mehr ignoriert werden kann, sehr stark beeinflusst. Die Studie stellte außerdem die Legitimationsformen der vor allem rassistischen Diskriminierungen und die Untauglichkeit einer Antidiskriminierungspolitik bei der Bekämpfung institutioneller und alltäglicher (mehrdimensionaler) Diskriminierungen in der BRD dar. In dieser Antidiskriminierungspolitik der 2000er Jahre wurden jetzt gemeinsam »die Rechte von (heterosexuellen) Frauen und (männlichen) Homosexuellen« gegen nichtchristlich-westliche Bevölkerungsgruppen verhandelt (Yılmaz-Günay [Hrsg.], 2014 [2011], S. 8). Die medialen, politischen und akademischen Diskussionen über »Frauen- und Homosexuellenrechte« zielten darauf, den eigenen Zugang zu Privilegien in der Gesellschaft zu sichern und bestimmte Gruppen, die als Kontrast zu den »christlich-westlichen« Normen angesehen werden, von symbolischen und materiellen Ressourcen auszuschließen (vgl. Rommelspacher, 2009b, S. 25).

Als ein grundlegendes Problem in der Emanzipationsdebatte stellt Birgit Rommelspacher fest,

> »dass auch die Forderung nach Menschenrechten der Legitimation von Dominanzverhältnissen dienen kann – nämlich dann, wenn eine bestimmte Form ihrer Umsetzung über unterschiedliche gesellschaftliche Strukturen und soziale Kontexte hinweg für alle als verbindlich erklärt wird. Demgegenüber scheint es sinnvoller, die Möglichkeiten und Grenzen von Freiheit und Selbstbestimmung je nach sozialem und kulturellem Kontext genauer zu betrachten und sowohl Chancen als auch Risiken zu sehen, die z .B. eine Strategie der Geschlechterdifferenz wie auch die der Geschlechtergleichheit in sich birgt« (Rommelspacher, 2009a, S. 15).

Im Kontext des universalistischen Menschenrechts- und vor allem des weiß-feministischen Emanzipationsdiskurses scheint es hier angebracht, den Homonationalismus als eine Ausdrucksform hegemonialer Diskurse bzw. von Dominanzkultur zu verstehen und ihn kritisierbar zu machen, indem er in diesem Kapitel mit den weiß-feministischen Emanzipations- und Gleichheitsdiskursen parallelisiert wird.

Homonationalismus als neue Migrations- und Sexualpolitik

Der Begriff des Homonationalismus wurde 2007 von Jasbir Puar etabliert, die sich dabei auf Lisa Duggans Begriff der Homonormativität (vgl. Duggan, 2002) bezieht. In ihrem Buch *Terrorist Assemblages: Homonationalism in Queer Times* problematisiert sie eine »neue homonormative« Sexualpolitik in den USA, die sie als homonormativen Nationalismus bzw. als Homonationalismus bezeichnet. Laut Puar bedient und imitiert der Homonationalismus die heteronormativen, nationalistischen, rassistischen und Klassenverhältnisse (vgl. Puar, 2008 [2007]). Ihr zufolge basiert Homonationalismus auf der zunehmenden Akzeptanz von Schwulen und Lesben in westlichen Staaten als Ausdruck einer »Zivilisationsüberlegenheit« speziell gegenüber muslimischen Gesellschaften, die im Kontrast zum Westen als weniger zivilisiert angesehen werden (vgl. Dietze et al., 2012, S. 11).

Als Paradebeispiel des Homonationalismus nennt Puar die Unterstützung des US-amerikanischen »Krieges gegen den Terror« seitens der weißen schwul-lesbischen Organisationen, die einerseits ihre Rechte als Homosexuelle durch vermeintlich homophobe muslimische Gesellschaften als bedroht betrachten und sich andererseits für die Emanzipation der irakischen Homosexuellen aussprechen (vgl. Puar, 2013; Böhmelt et al., 2012).

Dieses Konzept des US-amerikanischen Homonationalismus und seiner Funktionsweise wird von Jin Haritaworn und anderen erfolgreich auf Deutschland übertragen, indem sie die seit spätestens Anfang der 2000er Jahre in Deutschland dominierenden Diskussionen über Homophobie aufgrund ihres kulturalisierenden, rassifizierenden, ethnisierenden und klassifizierenden Charakters problematisieren (vgl.

Haritaworn, 2009). In einem Beitrag, den Haritaworn gemeinsam mit anderen kritischen Feminist_innen publiziert hat, wird die »neue« europäische Geschlechts- und Sexualpolitik diskutiert:

> »Ethnisierende Geschlechts- und Sexualitätsdiskurse haben mittlerweile eine zentrale Stelle in der ›Sicherheits- und Werte-Debatte‹ des neuen Europas. Die Konstrukte ›muslimischer Sexismus‹ und ›muslimische Homophobie‹ legitimieren repressive Anti-Terrorismus-Maßnahmen, die radikale Umkehrung von schwer errungenen Staatsbürgerschafts-, Einwanderungs- und Aufenthaltsrechten und den Niederriss sozialer Rechte und ziviler Freiheiten. Neben Terrorismus sind Geschlecht und Sexualität die neuen Grundlagen, auf denen die islamophoben Kämpfe im In- und Ausland verfochten werden« (Haritaworn et al., 2007, S. 8).

Argumentationsmuster des deutschen Homonationalismus

Vor dem Hintergrund des zitierten Erklärungsansatzes wird im Folgenden auf die Entstehungsgeschichte des deutschen Homonationalismus eingegangen. Im Anschluss daran wird das Zusammenwirken rassistischer und klassenbedingter Veränderungs- bzw. Gentrifizierungsprozesse anhand konkreter Beispiele aus der Berliner Stadtteilpolitik beleuchtet. Die Auseinandersetzungen in diesem Kapitel basieren vor allem auf den Beobachtungen, Analysen und Aktivitäten von Aktivist_innen, Wissenschaftler_innen, Publizist_innen und Gruppen, die sich in diesen Prozessen befinden und zugleich durch ihre Arbeit kritisch in sie hinein intervenieren (vgl. Çetin, 2015b, S. 35ff.).

Deutscher Homonationalismus und Gentrifizierung

Auch wenn die Diskussionen über Homonationalismus in Deutschland erst seit Ende der 2000er Jahre geführt werden, kann von einer früheren Entstehungsgeschichte dieses Phänomens ausgegangen werden. Mit der Aids-Krise der 1980er Jahre befand sich die schwule »Community« auch in Deutschland im Fokus »präventiver« Gesundheitspolitiken des Staates und der nicht-staatlichen Organisationen (vgl. Bänziger, 2014, S. 180f.), die sowohl repressive als auch auf liberale Präventionsstrategien gegen die Verbreitung von Aids vorsahen. Durch die Krise haben konservative christliche Kreise unter anderem die Promiskuität von Schwulen in den Vordergrund gerückt und ihnen ein sexuell enthaltsames Leben aufzwingen wollen. Dabei wurden Moralisierungs- und Marginalisierungsprozesse in Deutschland fortgeführt, in deren Folge bzw. wogegen Aidshilfe-Gruppen entstanden und Anti-Aids-Kampagnen initiiert wurden. Durch die Anti-Aids-Kampagnen einzelner Gruppen und Aids-Hilfen sowie staatlich geförderte Präventionsstrategien kam es in den 1990er Jahren zur »Normalisierung« von Aids (vgl. ebd.). Im Zuge der Anti-Aids-Politik diskutierte man verstärkt Ende der 1980er Jahre und Anfang der 1990er Jahre über die Möglichkeit der »Homo-Ehe« in Deutschland. Trotz der kontroversen Positionen konnten die Grünen erstmalig 1987 die »Homo-Ehe« im Bundestag thematisieren (vgl. Raab, 2009, S. 235f.). Die Grünen verstanden ihre »Schwulen- und Lesbenpolitik« als Bürgerrechtspolitik. Die Diskussionen und Kämpfe der Grünen um die Homo-Ehe dauerten bis Ende der 1990er Jahre. In einem in der taz veröffentlichen Artikel formulierte Volker Beck die »homosexuelle Frage« als eine der »Bürgerrechte« (zitiert nach Raab, 2009, S. 237). Diese politischen Bemühungen um die »Homo-Ehe« führten zur Etablierung und Institutionalisierung einer vor allem schwulen Identitätspolitik, in deren Konsequenz das Lebenspartnerschaftsgesetz für lesbische und schwule Paare im Jahr 2001 verabschiedet wurde (vgl. Voß, 2013c). Das Lebenspartnerschaftsgesetz wurde während seiner Einführung vor allem von Vertreterinnen des Lesbenrings e. V. aufgrund seines patriarchalen und heteronormativen Charakters heftig kritisiert (ebd.).

Institutionalisierung der schwulen Identitätspolitik und die Gegenwart des Homonationalismus

Eine exakte Chronologie des deutschen Homonationalismus würde den Rahmen dieses Beitrags sprengen. Nichtsdestotrotz muss hier an einige gesellschaftspolitische Fakten erinnert werden, die die Verstrickungen des Homonationalismus mit der Migrations- und Staatsbürgerschaftspolitik, mit der Stadtteilpolitik und mit der journalistischen wie der akademischen Informationspolitik aufzeigen.

Im Rahmen des Integrationsdiskurses in Deutschland seit dem 11. September 2001 und dem tödlichen Attentat eines (nicht-»muslimischen«!) Tierschützers auf den schwulen niederländischen Rechtspopulisten Pim Fortuyn (1948–2002), der das Thema »Homophobie und Muslim_innen« für seinen Wahlkampf genutzt hatte, erfahren zumindest in den westlichen Gesellschaften »Muslim_innen« oder als muslimisch Markierte rassifizierende Zuschreibungen, die unter anderem mit Sexual- und Sicherheitspolitiken in Verbindung gesetzt werden.

Im Lauf der Ermittlungen zu dem Mord an Fortuyn wurde monatelang über die »ethnische« und religiöse Zugehörigkeit des Täters spekuliert. Im Mainstream ging man von einem radikal-islamistischen Attentat aus, weil Pim Fortuyn als »offen« lebender Homosexueller häufig Muslim_innen und ihr Verhältnis zur Homosexualität zum Thema seiner politischen Karriere gemacht hatte. Obwohl der Täter sechs Monate nach dem Attentat als unpolitischer und nicht-muslimischer (weißer) Tierschützer identifiziert wurde, wird die Ermordung Pim Fortuyns bis heute im Zusammenhang mit dem Mordattentat auf den Filmemacher Theo van Gogh (1957–2004) thematisiert, und beide Fälle werden mit der unterstellten »Barbarei, Menschenfeindlichkeit und Homophobie von Muslim_innen« in Verbindung gebracht.

Diese und ähnliche Ereignisse wurden und werden in den Medien und in der Politik kontinuierlich als Angriffe auf das »demokratische Zusammenleben« in westlichen Gesellschaften deklariert. Dies geschieht durch die ununterbrochene Konstruktion von Gegensätzen zwischen einem »Wir« und einem »Sie«, wobei die Ziehung von Differenzlinien entlang den Themen Demokratie und Integration erfolgt. Auf der Basis der Konstruktion eines demokratischen, toleranten, zivilisierten »Wir« wird dabei unaufhörlich die Notwendigkeit des Schutzes der »unterdrückten, nicht emanzipierten und verschleierten muslimischen« Frau einerseits und des »muslimischen« Schwulen andererseits propagiert. Die forcierte Sichtbarmachung der verschleierten Frau und des versteckten Schwulen hat sich in einer Allianz von Staat, Wissenschaft, Zivilgesellschaft und Medien der Dominanzgesellschaft vollzogen, die durch Studien, Berichterstattung, Kampagnen und Soziale Arbeit einen »Kampf der Kulturen« im Namen der »freiheitlich-demokratischen Grundordnung« der Bundesrepublik Deutschland offenbart. So wurde zum Beispiel 2005/2006 der sogenannte Muslim-Test in Baden-Württemberg eingeführt. In diesem Test mussten sich Menschen, die Pässe »muslimischer« Staaten hatten und sich einbürgern lassen wollten, einer Gesinnungsprüfung unterziehen und Fragen zu Terrorismus, Antisemitismus, religiösen Auffassungen, ihren Vorstellungen zu Weiblichkeit und Männlichkeit sowie zur Akzeptanz von Homosexuellen beantworten (vgl. Migration & Bevölkerung, 2006). Im Zusammenhang mit diesen Ereignissen wurde der »muslimische« junge Mann im Kontext von »Zivilisation« zur Verkörperung eines islamistischen Terroristen, eines Frauenunterdrückers und/oder gewaltbereiten Homophoben gemacht und gleichzeitig als Bedrohung für den Westen und dessen demokratische Gesellschaftsstrukturen klassifiziert (vgl. GLADT, 2009).

In den medialen und politischen, wissenschaftlichen Diskussionen werden bis zum heutigen Tag diverse »Andere« diskursiv hergestellt, die zum Gegenstand von Forschungsarbeiten, Bildungsprojekten oder medialer Berichterstattung geworden sind, wodurch ihre Ausschlüsse von Bildung und Arbeit sowie aus dem innerstädtischen Raum gerechtfertigt werden sollen. Seit 2001 wird das Image des »homophoben, frauenfeindlichen, antisemitischen, gewaltbereiten, integrationsunwilligen« Migranten durch eine Reihe von Studien »wissenschaftlich« erforscht und medial gepflegt. Neben der bereits erwähnten Studie zur *Anzahl der Zwangsverheiratungen* in Deutschland wurden mehrere andere Studien vom Lesben- und Schwulenverband in Deutschland (LSVD), vom Berliner Überfalltelefon Maneo und vom Kriminologischen Forschungsinstitut Niedersachsen auf ähnliche Weise, zum Teil parallel, zum Teil hintereinander durchgeführt (vgl. Çetin & Taş, 2014). In diesen und vergleichbaren Studien, die überwiegend von vermeintlich homofeindlichen Einstellungen, Handlungen und Weltanschauungen der »Migrant_innen« handeln und schwere methodische und forschungsethische Mängel aufweisen (vgl. ebd.), lassen sich kulturalisierende und biologistische Rassismen erkennen, die unter anderem eine neue (Homo-)Sexualpolitik im Namen der »neuen deutschen Nation« propagieren. Während dabei in Deutschland lebende Menschen als homofreundlich und homofeindlich polarisiert werden, unterbleiben oftmals Diskussionen der eigenen Homophobie. Im Zusammenhang dieser antimuslimischen Homophobie-Debatte definierte eine Berliner aktivistische Queer-of-Color-Gruppe in Anlehnung an Puar den Begriff des Homonationalismus,

> »um den Versuch dieser (nicht immer erfolgreichen) Assimilierung, und die damit einhergehende Erfindung einer ›schwulenfreundlichen‹ Nation, zu beschreiben. Dies geht auf Kosten derer, deren Zugehörigkeit im Kontext des Krieges, der Grenzverschärfung und der wachsenden Kriminalisierung immer prekärer wird: alte und neue Migrant/innen sowie ihre Kinder und Enkelkinder – vor allem die, die als muslimisch identifiziert werden – Roma und Sinti, sowie andere People of Color. Es sind auch die, deren reale oder fantasierte sexuelle und Geschlechtsidentitäten (zu viele Kinder, zu wenig Geld, nicht monogam, zu früh verheiratet, zu patriarchal, zu unterdrückt) immer weniger in den nationalen Maßstab zu passen scheinen. Auf der Strecke bleiben auch queer-, trans-, homo- oder bisexuell identifizierte Menschen, die nicht aufgrund ihrer Schichtzugehörigkeit, ihres Weißseins oder ihrer konformen Maskulinität oder Femininität als anständige (Ehren-)Bürger/innen durchgehen können« (Suspect, 2010a).

Einige konkrete Beispiele werden im Folgenden die homonationalistischen Tendenzen verdeutlichen, die von einigen im schwulen Mainstream bekannten weiß-deutschen schwulen »Aktivisten« ausgehen. Sie betrachten den Islam als eine Religion, die Gewalt, Mord und Diskriminierung gegenüber Lesben, Schwulen und (heterosexuellen) Frauen fördere und den »zivilisierten« Westen durch die Anwesenheit der Menschen, die sich mit dem Islam verbunden fühlen, bedrohe.

Beispiel I: Daniel Krause

Daniel Krause (geb. 1980), der in Münster sein Studium zum Lehramt absolvierte und seine Promotion in Soziologie abschloss, thematisiert in seinen Publikationen die vermeintliche Unvereinbarkeit von westlichen und muslimischen Gesellschaften in Bezug auf das Verhältnis von Homosexuellen und den Menschen, die seiner Meinung nach dem Islam angehören. In seinen Publikationen und Redebeiträgen definiert er den Westen vor allem als ein Bündnis, das weder muslimisch noch islamisch sei: Die Vereinigten Staaten von Amerika, Israel und Europa seien die Orte der westlichen Welt, deren zivilisatorische und liberale Werte durch die terroristische Homophobie der (fast aller) *islamischen* Länder gefährdet seien.

Entlang dieser rechtspopulistischen Betrachtungsweise stellt sich Krause in einer skandalisierenden, polarisierenden und hierarchisierenden Weise als ein linkes schwules Opfer dar, das

> »nicht länger schweigen [konnte]. Als sich Hunderte von Salafisten versammelten, hielt er spontan eine Gegenrede. Drei Minuten gegen Gewalt, Frauenfeindlichkeit und Schwulenhass. Drei Minuten, in denen er sein Leben aufs Spiel setzte. Islamisten und Linksradikale beschimpften ihn als ›Nazi‹ und starteten eine Hetzjagd. Zu seinem Schutz musste [er] vom Dienst freigestellt werden. Sein aufrüttelndes Buch entlarvt die Widersprüchlichkeit des linksliberalen Deutschlands, welches seine mühsam erkämpften Errungenschaften an seine ärgsten Feinde verrät« (Krause, 2013).

So der Klappentext seines Buches *Als Linker gegen Islamismus – Ein schwuler Lehrer zeigt Courage*. In diesem Text werden Frauen und Schwule als von Salafisten bzw. Salafiten[11], die gleichzeitig als Symbol für Terroristen benutzt werden, bedroht dargestellt.

Nach Angabe des Bundesamtes für Verfassungsschutz sollen heute in Deutschland ca. 7500 Salafisten bzw. Salafiten leben (vgl. BfV, 2015). Das Buch erschien ein Jahr nach der antimuslimisch geprägten Debatte um den Salafismus und seine sicherheitspolitische Bedeutung für die Bundesrepublik Deutschland. Der Auslöser dieser Debatte war die kostenlose Verteilung des Korans in deutschen Großstädten. Diese Debatte trug damals, 2012, zur Dethematisierung des selbstenttarnten NSU-Terrors bei, an dessen Ende neun nicht-mehrheitsdeutsche Männer und

11 »In den letzten Jahren hat sich die Bezeichnung ›Salafist‹ durchgesetzt, während bis in die 2000er Jahre hinein der Begriff ›Salafit‹ dominant war. Das Suffix -ist stellt Verbindungen zu anderen negativ besetzten Begriffen wie ›Terrorist‹, ›Extremist‹ und ›Islamist‹ her« (Friedrich & Schultes, 2012, S. 1).

eine mehrheitsdeutsche Polizistin ermordet wurden (vgl. Güleç, 2015). Mit seinem Buch beabsichtigte Krause dem_der Leser_in den Eindruck zu vermitteln, dass eine Minderheit, die er als islamistische Terroristen verallgemeinert, eine andere (konstruierte) Minderheit existenziell gefährden würde. In seinem Buch stellt er sich als Sprachrohr von Frauen und Männern, Jungen und Alten, Homo- und Heterosexuellen dar, die ihm ihre Solidarität mit ihm bekundet hätten (Krause, 2013, S. 8.). In wenigen Zeilen stuft er den (nicht nur von ihm) konstruierten Islamismus als drittgrößte totalitäre Bewegung nach Nationalsozialismus und Kommunismus ein. Sein Buch profitiert von der rechtspopulistischen und antimuslimischen Propaganda, während er seinerseits an Demonstrationen, die von extremen Rechten gegen Muslim_innen organisiert worden waren, teilnahm.

In seinem 2014 erschienenen nächsten Buch spitzt Krause seine Positionen weiter zu. Er betitelt es *Allahs ungeliebte Kinder – Lesben und Schwule im Islam*. In dieser Publikation wird Krause deutlicher und hält sich nicht zurück, die Bezeichnung Allah polemisch zu verwenden, als würde Allah nur den Gott der Muslim_innen repräsentieren. Indem er die Lesben und Schwulen als ungeliebte Kinder des »Gottes der Muslim_innen« darstellt, konstruiert er sie erneut als Gegensatz zu Muslim_innen, deren Haltung zu Homosexualität nicht mit der des Westens übereinstimmen würde. In der Einleitung des Buches heißt es:

> »Die Gleichberechtigung von Lesben und Schwulen hat sich zum Merkmal moderner westlicher Gesellschaften entwickelt: Homo-Ehe, Adoptionsrecht und Antidiskriminierungsgesetze sind hier zunehmend selbstverständlich. In westlicher Politik sowie in westlichen Medien mischen Lesben und Schwule ganz oben mit. Hingegen ist in muslimischen Kulturen ein gegenläufiger Trend feststellbar. Nicht Emanzipation, sondern Diskriminierungen, Verfolgungen und Ermordungen von Homosexuellen nehmen zu. Weltweit befinden sich Lesben- und Schwulenrechte in Bedrängnis durch die lebensbedrohliche Islamisierung. Betroffen sind neben islamisch regierten Staaten auch muslimische Parallelwelten inmitten westlicher Länder. Familien begehen religiöse ›Ehrenmorde‹ an ihren lesbischen Töchtern. Islamische Straßengangs attackieren Schwule auf offener Straße. Salafisten drohen Homosexuellen mit weltweitem ›Holocaust‹« (Krause, 2014, S. 9).

An dieser Stelle erübrigen sich weitere Kommentare dieser und ähnlichen Zeilen, die von Krause ausgehen und verbreitet werden. Relevant ist jedoch, dass er in seiner antimuslimischen Position, in der er sich als linker Islamkritiker bezeichnet, nicht allein gelassen wird. Einer der medial bekannten Schwulen, David Berger (geb. 1968), der ehemalige Chefredakteur des Schwulenmagazins *Männer*, solidarisierte sich nicht nur mit ihm, sondern unterstützte auch die öffentlichen Auftritte Krauses, bei denen dieser rechtspopulistisches Gedankengut verbreitete (vgl. Queer.de, 2014). Berger positionierte sich seither beharrlich »gegen Muslime, gegen alle Linken, gegen ›Homo-Altbewegte in Veteranensentimentalität‹, selbst gegen die freundlichsten Kritiker, gegen den ›Zwang zum Tuntigsein‹ und die Vielfalts-Kampagne der DAH, natürlich gegen queer.de und blu sowie gegen Feministinnen und ›Gender-Wahn‹« (Schulze, 2014).

Beispiel II: Jan Feddersen

Daniel Krause und David Berger repräsentieren eine extreme Form des Homonationalismus, der einerseits eine homofeindliche und andererseits eine homofreundliche Nation konstruiert und diese Konstruktion mit politischen, wissenschaftlichen und journalistischen Argumenten als Wahrheit präsentiert. In dieser Präsentation wird die Bezeichnung der Nation nicht unbedingt im Sinne einer politischen Gemeinschaft benutzt, die auf dem Territorium eines bestimmten Staates existiert. Es geht vielmehr um die politische Grenzziehung zwischen (vermeintlich) unterschiedlich geteilten Werten und Normen, die miteinander nicht vereinbar seien. Demnach würden, wie es auch im weiß-feministischen Emanzipationsdiskurs zum Ausdruck kommt, Gesellschaften, deren kulturelles Erbe auf dem Christentum, der (kolonialistischen) Aufklärung und der Allgemeinen Erklärung der Menschenrechte basiere, zum »Westen« gehören. Diesem werden nicht nur Menschen- und Frauenfreundlichkeit zugeschrieben, sondern auch eine selbstverständliche Akzeptanz von Homo- und Trans-Personen. Im Gegensatz zum »Westen« wird jedoch nicht von einem »Osten« gesprochen, sondern über einen »Orient«, der die Barbarei, Menschen-, Frauen- und Homofeindlichkeit symbolisiert und gleichzeitig zur feindlichen

Gefahr für den »Westen« in unterschiedlichen (internationalen) politischen Kontexten deklariert wird.

Jan Feddersen (geb. 1957), ein *taz*-Journalist, der nach eigenen Angaben seit den 1970er Jahren als Schwuler homopolitisch aktiv ist, kann als ein weiteres Beispiel für Repräsentanten des Homonationalismus genannt werden. Sein im Jahr 2003 erschienener Beitrag »Was guckst du? Bist du schwul?« beginnt mit einer (in der weiß-schwulen Community immer wieder vertretenen) Behauptung:

> »Ein hoher Prozentsatz der Gewalt gegen Schwule wird von Menschen aus dem islamischen Kulturkreis verübt. Das Problem wird tabuisiert, seine Thematisierung ist politisch nicht korrekt. Stattdessen wird gefragt: Sind die Angegriffenen zu offen mit ihrer sexuellen Identität umgegangen?« (Feddersen, 2003)

Die Argumentationsmuster Feddersens entsprechen den Funktionsweisen des Rassismus und der Instrumentalisierung der Homophobie zur Legitimation seiner Behauptungen. Dass der Journalist die Schwulen und den sogenannten islamischen »Kulturkreis« einander gegenübergestellt und sie als zwei Feinde erklärt, zeigt vor allem den polarisierenden Charakter seines gewöhnlichen Rassismus. Auch die Instrumentalisierung der Homophobie, die vermeintlich vom islamischen »Kulturkreis« ausgeht, kann als Versuch des Schreibers verstanden werden, zwei Gruppen nach Häufigkeit ihrer Erfahrungen mit Gewalt und Diskriminierung zu hierarchisieren. Während die (weißen) Schwulen als Opfer der »islamischen« Gewalt dargestellt werden, wird ihnen im weiteren Verlauf des Artikels auch (körperliche) Unterlegenheit den als hypermaskulin imaginierten jungen muslimischen Männern gegenüber zugeschrieben. Feddersen zufolge gäbe es in der Bundesrepublik mehr Homophobie als Rassismus, der aber tabuisiert sei. Die in dem Artikel erwähnte Tabuisierung soll polemisch diese Unterlegenheit bzw. den Opferstatus der weißen Schwulen bekräftigen. Feddersens Beitrag gilt hier als Vorwurf bzw. scharfe Kritik an der nicht-islamischen (Mehrheits-)Gesellschaft, die die von der Gewalt betroffene schwule Minderheit nicht vor *orientalisierten Homophoben* schützen mag: »Die anderen Fahrgäste haben dem entsetzlichen Treiben fast teilnahmslos zugeschaut. [...] die drei Jugendlichen bleiben benommen auf ihren

Plätzen sitzen, wortlos, schockiert, ohnmächtig auch, weil ihnen niemand geholfen hat. Noch nicht mal wütend konnten sie sein« (ebd.). In seinem Artikel bezieht sich Feddersen auf die Angaben des Leiters der Berliner Gewaltopferberatung Maneo für Schwule und bisexuelle Männer, Bastian Finke: »Die öffentliche Gefahr für Schwule geht extrem von Jugendlichen türkischer oder, generell, islamischer Prägung aus« (ebd.).

Feddersens Berichterstattung in diesem Themenbereich ist nicht nur mit dem oben zitierten Bericht beschränkt. In einer Rezension zur Publikation des Lesben- und Schwulenverbandes in Deutschland (LSVD) *Muslime unter dem Regenbogen* gratuliert der Autor den Herausgeber_innen, denn (ihr) Reader

> »bricht mit dem Tabu. Wahr und offenkundig ist: Die westliche, kapitalistische Welt verfolgt Schwule und Lesben kaum noch. Selbst in den USA bereitete der Oberste Gerichtshof kürzlich jenen bundesstaatlichen Gesetzen ein Ende, die ›Sodomitisches‹ oder ›Homosexuelles‹ verboten, ja unter Strafe stellten. Tödlichen, mindestens lebensbedrohenden Repressionen ausgesetzt waren alle Nichtheterosexuellen dort, wo sozialistischer Totalitarismus herrschte – oder sind es heute, schärfer denn je, dort, wo der Islam die politische Agenda bestimmt« (Feddersen, 2004).

In der Einleitung seiner Rezension zieht Feddersen, wie oben dargestellt, die Grenzen zwischen homofreundlichem Westen und feindlichem Rest (Muslim_innen). Er steht stellvertretend als Repräsentant eines »aufgeklärten« westlichen Schwulen und spricht zum einen zu den anderen westlichen Schwulen, die möglicherweise nicht den Zugang zum medialen Sprechen haben. Zum anderen spricht er zu anderen westlichen Menschen, die in keiner Weise mit Islam oder Muslim_innen in einer positiven Beziehung stehen, deshalb aber von Letzteren »bedroht« sein sollen. In dieser Rezension setzt Feddersen seine antimuslimische Publizistik fort und verschärft seine oben zitierte These durch die Annahme, dass die in *Muslime unter dem Regenbogen* inszenierten »Konflikte [...] mitten in der westlichen Welt ihre Fortsetzung finden – nämlich in jenen Vierteln, in denen auch muslimisch geprägte Einwanderergruppen den Alltag in christlich-säkularen Mehrheitsgesellschaften prägen. Also auch in Deutschland, in seinen Metropolen« (Feddersen, 2004).

Die bisher dargestellten Fallbeispiele (Krause, Berger und Feddersen) können nur exemplarisch einen weiß-schwulen publizistischen Homonationalismus aufzeigen, dessen Legitimation aber in einer kontinuierlichen Zusammenarbeit zwischen Staat, Wissenschaft und Zivilgesellschaft zu finden ist.

Homonationalismus durch Staat, Wissenschaft und Zivilgesellschaft

In den Diskursen um Antisemitismus, Terrorismus, gesellschaftliche Gewalt, Verletzung von Frauen- und LSBTI*-Rechte werden Muslim_innen und als muslimisch Markierte als Verursacher_innen dieser Probleme konstruiert. In diesem diskursiven (antimuslimischen) Rassismus werden sie als unvereinbar mit »eigenen« christlich-westlichen Werten und Normen gezeichnet. In diesen propagandistischen antimuslimischen Diskursen wird allerdings der »okzidentale« Widerspruch durch die Ausblendung der kolonialen Geschichte und durch die Unsichtbarmachung der post-kolonialen rassistischen Praktiken, wie in den Flüchtlings-, Grenzregime- und Migrationspolitiken, dethematisiert. Dieser Widerspruch zeigt sich vor allem in der Täter-Opfer-Umkehr bzw. Viktimisierung bezüglich der diskriminierenden Handlungen, die unter anderem mit Rassismus, Homophobie und Klassenherrschaft verzahnt sind.

Das homonationalistische Zusammenwirken von Wissenschaft, Zivilgesellschaft und Staat manifestiert sich in der (Re-)Produktion des antimuslimischen Rassismus im Rahmen eines unaufhörlichen antimuslimischen Homophobiediskurses (vgl. Çetin & Saadat-Lendle, 2014). Die Behauptung, Schwule und bisexuelle Männer seien am stärksten von muslimischen Jugendlichen bedroht, wurde anhand mehrerer Studien, so in den Maneo-Umfragen zwischen 2006 und 2008, der Simon-Studie 2007 oder auch der Pfeiffer-Studie 2011 legitimiert. Ungeachtet der methodischen Mängel verbreiteten die Studien-Macher_innen die Ergebnisse der genannten und anderer Studien ebenso polemisch wie polarisierend zuungunsten einer Gruppe, der ein Migrationshintergrund und eine muslimische Glaubenszugehörigkeit zugeschrieben wurden (zur Analyse der Studien vgl. Çetin & Taş, 2014, und Çetin & Saadat-Lendle, 2014).

Von der Sichtbarkeit der Opfer und der Täter_innen

Die genannten Studien wurden durch öffentliche Gelder in Zusammenarbeit mit Universitäten und schwul-lesbischen Organisationen verwirklicht. Sie zielten vor allem darauf, eine Diskussion über zwei vermeintlich gegensätzliche Gruppen durchzusetzen und die Diskriminierungserfahrungen dieser beiden Gruppen gegeneinander zu hierarchisieren. Während die Schwulen als eine der am meisten diskriminierten Minderheiten gelten, wird den Muslim_innen, deren Religion die Homosexualität verbieten soll, pauschal die Zugehörigkeit zur heterosexuellen Mehrheit zugeschrieben. Neben der Heteronormativität wurden den Muslim_innen weitere menschenfeindliche »Ismen« wie Sexismus, Antisemitismus und Terrorismus angedichtet, in deren Konsequenz der Westen als vom Niedergang der »erkämpften« und erklärten Allgemeinen Menschenrechte und der Zivilisation bedroht repräsentiert wird. Wie Encarnación Gutiérrez Rodriguez es ausdrückt:

> »Rassismus und seine Variante Ethnisierung kann […] nur in Beziehung mit Nationalismus oder mit neuen Formen der Reproduktion eines hegemonialen ›Westens‹ im Namen Europas oder der ›westlichen Allianz‹ gedacht werden. Der ›Westen‹ und die westlichen Nationalstaaten imaginieren ihre ›nationalen oder transnationalen Zugehörigkeitslinien‹ in Relation zu einer ›Parallelgesellschaft‹, die als ›prä-modern, unterentwickelt, in partikulären ethnische und religiösen Vergemeinschaftungsrituale und -kämpfe involviert‹ imaginiert wird. In diesem Zusammenhang wird ein Diskurs über ›ethnifizierte Gemeinschaften‹ medial, politisch und sozial erzeugt« (Gutiérrez Rodriguez, 2006).

Zwischen 2006 und 2008 führte das schwule Anti-Gewalt-Projekt Maneo in Berlin zwei Umfragen zum Thema Gewalterfahrungen von Schwulen und bisexuellen Männern in der BRD durch. Die zweite

Umfrage wurde durch die Stiftung Deutsche Klassenlotterie gefördert und von Wissenschaftler_innen der Humboldt-Universität, der Evangelischen Hochschule Berlin und des Wissenschaftszentrums Berlin begleitet (vgl. Maneo, 2009, S. 4). Sie »steht unter der [...] Fragestellung der Bagatellisierung und möchte aufzeigen, in welchen Bereichen schwulenfeindliche Gewalttaten heruntergespielt bzw. als solche nicht registriert und ernst genommen werden« (ebd., S. 10).

Der Fragebogen umfasste unter anderem Fragen »zu Gewalterfahrungen [...] und Risikoeinschätzungen« sowie zu dem Vorfall, der die Befragten in den letzten 12 Monaten zum Zeitpunkt der Studie am stärksten betroffen hat.

Über die Täter_innen der schwulenfeindlichen Gewalt wird Folgendes festgestellt (vgl. ebd., S. 27): 86 Prozent der Täter_innen seien männlich; 78 Prozent seien jung (18 bis 35 Jahre); 40 Prozent hätten einen *Migrationshintergrund*.

Für die Erhebung des Täter_innenprofils stellte Maneo die per se problematische Zuschreibung »Migrationshintergrund« als eine der möglichen Antwortkategorien zur Auswahl. So zielten die Studie und deren öffentliche Präsentationen darauf ab, junge weiß-deutsche Schwule als Opfer junger, *migrantischer* und als heterosexuell markierter Männer darzustellen (vgl. ebd., S. 19) und die Täter homophober Gewalt zu migrantisieren. Dadurch wurden Männer, die jung und als migrantisch (muslimisch) markiert waren, mit der Eigenschaft »Gewaltbereitschaft« sichtbar gemacht und in den Vordergrund der Homophobie-Debatte gestellt. In dieser politischen und medialen Sichtbarmachung der jungen migrantischen und männlichen Täter ist die Mischung des kulturalisierenden, ethnisierenden, biologistischen bzw. naturalisierenden Rassismus leicht erkennbar. So wurden sie beispielsweise aufgrund des mutmaßlichen Migrationshintergrundes nicht nur zu Anderen gemacht, ihnen wurden auch Kriminalität und (homophobes) Patriarchat zugeschrieben.

Parallel zu den Maneo-Umfragen führte Bernd Simon an der Christian-Albrechts-Universität zu Kiel 2006 im Auftrag des LSVD eine Studie über Einstellungen von Jugendlichen mit und ohne »Migrationshintergrund« zu Homosexualität durch. Das Bundesministerium für Familie, Senioren, Frauen und Jugend sowie die Berliner Senatsverwaltung für Bildung, Jugend und Sport finanzierten die Studie. Ihr Ziel war, homofeindliche Einstellungen von »türkischen, russischen und deutschen« Jugendlichen im Alter zwischen 14 und 20 Jahren zu erforschen und ihre Einstellungen zu Homosexualität miteinander zu vergleichen.

Bernd Simon stellt die These auf, »dass in den Gruppen mit Migrationshintergrund die Wahrnehmung gruppenbezogener Diskriminierung positiv mit homosexuellenfeindlicher Einstellung zusammenhängt im Sinne einer Konkurrenz der Minderheiten und/oder einer Sündenbockfunktion der homosexuellen Minderheit« (Simon, 2008, S. 8). Ausgehend von dieser These zielt seine Studie auf die folgenden Forschungsergebnisse ab:

> »1) Jugendliche mit Migrationshintergrund […] lassen eine homosexuellenfeindlichere Einstellung erkennen als Jugendliche ohne Migrationshintergrund […]. 2) Religiosität und Akzeptanz traditioneller Männlichkeitsnormen sind generell positive Korrelate homosexuellenfeindlicher Einstellung. 3) Persönliche Kontakte zu Homosexuellen sind generell ein negatives Korrelat homosexuellenfeindlicher Einstellung. 4) Der Zusammenhang von Religiosität und homosexuellenfeindlicher Einstellung ist bei Jugendlichen mit türkischem Migrationshintergrund […] besonders stark ausgeprägt. 5) Diskriminierungswahrnehmungen von Jugendlichen mit Migrationshintergrund […] sind ein positives Korrelat homosexuellenfeindlicher Einstellung, das Ausmaß der Integration dieser Jugendlichen in die deutsche Gesellschaft ein negatives Korrelat« (ebd., S. 9).

Simon stellt bedenkliche und nicht weiter hinterfragte Behauptungen auf: So sei mit der Einführung des Lebenspartnerschaftsgesetzes im Jahr 2001 ein verbessertes Klima für Lesben und Schwule in Deutschland entstanden, es herrsche eine stillschweigende gesellschaftliche Akzeptanz, die jedoch durch bestimmte Angehörige der »Migrantengesellschaft« bedroht sei (ebd., S. 4f.). Den Jugendlichen, die nach bestimmten imaginierten Abstammungen nach dem Blut-und-Boden-Prinzip konstruiert werden, werden andere Jugendliche ohne »Migrationshintergrund« gegenübergestellt, die angeblich ein als europäisch konstruiertes Wertesystem vertreten und deutlich weniger homofeindlich seien. Die Polarisierung aller befragten Gymnasiast_innen vollzog sich während der Studie auf der Ebene von diskursivem kulturalistischem Rassismus: Als türkisch konstruierte Jugendliche werden als Muslime definiert und der Islam als Ursache für Homosexuellenfeindlichkeit erklärt (ebd., S. 24). Mit dieser These wird Homosexuellenfeindlichkeit dem Rassismus gegenübergestellt. Dabei werden den als russisch und türkisch konstruierten Jugendlichen Gefühle und Wahrnehmungen rassistischer Diskriminierung zugeschrieben, als wäre diese Art der Diskriminierung kein gesellschaftliches Phänomen, sondern Resultat individueller Befindlichkeiten. So konstatiert Simon: Je mehr sich die Befragten wegen ihrer Herkunft diskriminiert fühlten, desto homosexuellenfeindlicher seien sie. Er behauptet, dass sich die türkischen und russischen Jugendlichen als Angehörige von Minderheiten in einer Konkurrenz mit homosexuellen Minderheiten sähen und deshalb Homosexuelle negativer bewerteten (vgl. ebd., S. 7f.).

Die rassifizierende und kulturalisierende Präsentation der Studie in den Medien und diversen Veranstaltungen führte dazu, dass sie vor allem durch queere und nicht-queere Wissenschaftlicher_innen, Aktivist_innen und Journalist_innen of Color heftig kritisiert wurde.

Als letztes Beispiel für weiße lesbische und schwule Studien mit Rassifizierungspotenzial kann *Die Lebenssituation von Lesben und Schwulen mit und ohne Migrationshintergrund in Deutschland* genannt werden. Im Auftrag des LSVD wurde diese durch Melanie Steffens an der Universität Jena mit der finanziellen Förderung des Bundesministeriums für Familie, Senioren, Frauen und Jugend durchgeführt (vgl. Steffens, 2010). Zentrale Forschungsfragen sind unter anderem gesellschaftliche Integration und Identität, religiöse Zugehörigkeit, Coming-out, Verhältnis zur Familie, Werte und Einstellungen der Familie, Geschlechtsrollenverständnis, Verhältnis zu lesbisch-schwulen Communities und zu Migranten-Communities sowie Gewalt- und Diskriminierungserfahrungen von Lesben und Schwulen mit sogenanntem Migrationshintergrund (Steffens, 2010, S. 11). Laut der Studienzusammenfassung sei es erstens dringend geboten, die Lebenssituation von Lesben und Schwulen mit

> »Migrationshintergrund« genau zu untersuchen, weil diese »vom Spagat zwischen unterschiedlichen kulturellen Subgruppen mit unvereinbaren Wertesystemen […] direkt betroffen und möglicherweise gefährdet [seien]. Zweitens sollte die Betrachtung von Lebensentwürfen, die un-

ter diesen Umstanden gelingen, fruchtbar für die allgemeine Stress- und Identitätsforschung sein« (ebd., S. 9).

Aus dieser Studie ergeben sich folgende Befunde: Im Gegensatz zu Lesben und Schwulen ohne »Migrationshintergrund« gebe es mehr (migrantische) Lesben und Schwule ohne Coming-out. Das Coming-out wird damit als ein Phänomen ohne »Migrationshintergrund« angenommen. Diese Situation wird mit den Reaktionen der Familien der Befragten argumentiert. Während die Familien der »deutschen Befragten« positiv auf ein Coming-out ihrer lesbischen oder schwulen Kinder reagieren würden, seien Familien mit »Migrationshintergrund« negativ zu Homosexualität eingestellt. Die Homosexualität würde die religiösen und moralischen Werte dieser Eltern verletzen, weswegen sie negativ auf das Coming-out ihrer Kinder reagieren würden (Steffens, 2010, S. 2).

Die Frage nach der »Integration« erfährt in dieser Studie eine besondere Aufmerksamkeit. So stellt sie fest, dass die Befragten mit sogenanntem »Migrationshintergrund« sich wohl und damit integriert in der Gesellschaft mit Mehrheitsdeutschen fühlen würden, weil sie mehr Akzeptanz für Homosexuelle bieten würde als andere Gesellschaften.

Ein interessantes Ergebnis zur Lebenszufriedenheit der Befragten mit und ohne »Migrationshintergrund« zeigt einen großen Widerspruch: Während die Befragten mit »Migrationshintergrund« laut der Studie wegen ihres Coming-outs negative Erfahrungen mit ihren Eltern machen, haben sie aber aufgrund starker sozialer Unterstützung höhere Lebenszufriedenheit als mehrheitsdeutsche Lesben und Schwule. Dieses Ergebnis zur Lebenszufriedenheit wird zum Abschluss jedoch als durch ein Coming-out gefährdet betrachtet. Während Integration als Bedingung für die Lebenszufriedenheit für nicht-weiße Lesben und Schwule vorausgesetzt wird, wird der erfundene »Migrationshintergrund« als Risikofaktor für Gesundheit und Lebenszufriedenheit der Befragten festgehalten.

Zum Schluss der Studie werden Diskriminierungserfahrungen der Befragten mit »Migrationshintergrund« analysiert und konstatiert: Demnach würden Lesben und Schwule mit »Migrationshintergrund« mehr Erfahrungen mit homophoben Diskriminierungen machen als mit den rassistischen Diskriminierungen. Die als migrantisch markierten Lesben und Schwulen werden deshalb in dieser Studie ermutigt, mehr über Homophobie zu sprechen als über Rassismus.

Im Endeffekt zieht die LSVD-Studie unter der Leitung von Melanie Steffens das folgende höchst problematische Fazit:

> »Migrationshintergrund sei ein Risikofaktor für geringe Lebenszufriedenheit, schlechtere Gesundheit, ein wenig positives Selbstbild und die Verfügbarkeit von sozialer Unterstützung von Lesben und Schwulen, wenn sie aus Ländern mit starken Repressalien gegenüber Homosexuellen stammen und ihre Eltern in Deutschland wenig integriert sind« (ebd., S. 5).

Aus den Studien von Simon und Steffens geht hervor, dass Deutschland als homofreundliches Land in den Vordergrund gestellt wird, während die imaginierten Herkunftsländer der Schwulen und Lesben mit sogenanntem »Migrationshintergrund« als grundlegend homofeindlich deklariert werden. Auch in der Studie von Steffens ist die Konstruktion eines Gegensatzes von homofreundlichem Westen und homofeindlichem Rest erkennbar.

Die schwulen Küsse sind deutsche Leitkultur

Jasbir Puar benutzt den Begriff »Homonationalismus«, um die Erfindung einer »schwulenfreundlichen« Nation zu beschreiben. In einem Interview mit Deniz Utlu erläutert sie, dass

> »es beim Homonationalismus nicht allein um rassistische oder privilegierte Queers geht. Auch wenn der Begriff oft so verwendet wurde. Wichtig ist die Spannung zwischen der Vorstellung einer zunehmenden Visibilität und einer zunehmenden sozialen Anerkennung von Schwulen und Lesben. […] Mir geht es vor allem darum, wie diese Anerkennung auf Kosten bestimmter Subjekte gewonnen wird, die nicht in das Bild des erwünschten homosexuellen Subjekts passen – rassifizierte Subjekte, verarmte Subjekte und sogar Subjekte, die gar nicht homosexuell sind, aber deren Sexualität als pervers wahrgenommen wird« (Migrationsrat Berlin-Brandenburg, 2010, S. 1).

Entlang der Analyse der bisher dargestellten Studien, Publikationen und anderen medialen Beiträge sowie der vorherrschenden Diskurse zu den Themenbereichen um Homophobie in der Einwanderungsgesellschaft Deutschland lässt sich der deutsche Homonationalismus mit einer neuen Definition von Homophobie erkennen. Demnach sei die Homophobie ein migrationsspezifisches Phänomen, das sich in westlichen Gesellschaften verankert habe und sich vorwiegend gegen weiße Lesben und Schwule richte.

Auch die homophob Handelnden werden als Täter_innen anhand kulturalisierender und rassialisierender (Fremd-)Verortung beschrieben. Menschen, die einen »Migrationshintergrund« haben, jung und möglicherweise muslimisch sind sowie aus »bildungsfernen«, wirtschaftlich benachteiligten Familien stammen, sollen mehr homophobe Tendenzen und Praktiken aufweisen als die anderen, die sich selbst von dieser Schablone distanzieren. Hingegen seien die Opfer der Homophobie mehrheitlich weiße deutsche Schwule. Der deutsche Homonationalismus ist also dadurch gekennzeichnet, dass das Phänomen Homophobie kontinuierlich kulturalisiert, rassialisiert, klassenspezifisch markiert und vergeschlechtlicht wird.

Im Gegenzug zu diesen negativen Verallgemeinerungen wird heute auch über die wiederkehrende Frage nach einer »neuen deutschen nationalen Identität« bzw. zu einer »deutschen Leitkultur« gesprochen. Die neueste Debatte um die »deutsche Leitkultur«, die im Zuge der Fluchtbewegung aus Syrien seit spätestens Sommer 2015 wieder wichtiger wurde, zeigen die Komplizenschaft mehrerer Vertreter_innen etablierter politischer Parteien auf. In dem bekannten deutschsprachigen Magazin *Cicero* schreibt beispielsweise der CDU-Generalsekretär Peter Tauber am 18. November 2015: »Denn wenn mehr Menschen aus anderen Ländern zu uns kommen und bleiben, wird sich unser Land verändern. Diesen neuen Mitbürgern müssen wir erklären, welche Werte unsere Heimat prägen, wie das Zusammenleben hier funktioniert« (Tauber, 2015).

Die Diskussion über die »Integration« ist wieder auf der Agenda der politischen Parteien. Die Gesellschaft bewegt sich wieder nach rechts, und zwar nicht erst seit den 1990er Jahren. Das funktionierende Zusammenleben in Deutschland soll nun den Geflüchteten anhand der Erklärung einer weiß-deutschen Leitkultur beigebracht werden. In seinem kurzen Beitrag in *Cicero* schreibt Tauber weiter:

> »Basis unserer Leitkultur ist natürlich das Grundgesetz. Es gehört aber noch viel mehr dazu: Die Bereitschaft, sich ehrenamtlich in unserer Gesellschaft zu engagieren; die Idee, dass jeder, der fleißig ist und sich anstrengt, den Aufstieg schaffen kann; dass Religionsfreiheit heißt, die Religion wechseln zu dürfen; dass Gleichberechtigung bedeutet, dass Frauen zunehmend Führungspositionen übernehmen. Und Toleranz und Gleichstellung, dass sich zwei Männer auf der Straße ganz selbstverständlich küssen; dass Familien mit vielen Kindern Unterstützung von allen erfahren und nicht als asozial abgestempelt werden; aber auch das Bekenntnis zu Schwarz-Rot-Gold als Farben der Freiheit, der Stolz auf Deutschland, das Mitsingen unserer Nationalhymne – nicht nur beim Fußball, sondern gerne auch etwas lauter und fröhlicher an unserem Nationalfeiertag. All das steht so nicht im Grundgesetz, aber wäre aus meiner Sicht ein schöner und wichtiger Bestandteil einer neuen deutschen Leitkultur« (Tauber, 2015).

Das Thema »Geflüchtete und Flucht« aus Syrien re-mobilisierte urbane Paniken in den großen und kleinen Städten europäischer Länder. Queers und Flucht wurden in diesen re-mobilisierten urbanen Paniken re-thematisiert. Die Geflüchteten wurden als aus Syrien kommende hetero-männliche Bedrohung der westlichen Mehrheitsgesellschaft dargestellt. Sie würden nicht nur die Homophobie und Frauenfeindlichkeit mitbringen, sondern auch den terroristischen Islamismus und würden somit das »Abendland« in Gefahr bringen. In einem Interview deutete die Leiterin des *Zentrums für Migranten, Lesben und Schwule (Miles)* des LSVD an, dass geflüchtete Queers in den Sammelunterkünften von IS-Anhängern bedroht würden, eine Annahme der Sprecherin, die nicht belegbar ist und auf einer antimuslimischen Spekulation basiert. Der folgende Interviewausschnitt veranschaulicht diese urbane Panik deutlich:

> » – Mit welchen Problemen kommen sie zu euch? – Momentan ist die Unterbringung von queeren Flüchtlingen das größte Problem. Bei uns gehen täglich Beschwerden ein, dass die Situation in den Notunterkünften katastrophal ist. Manche Flüchtlinge sind zum Beispiel mit 14 Mann auf einem Zimmer untergebracht, die teilweise homophob sind oder sogar Isis-Anhänger. Das ist, wie man sich denken kann, kein einfaches

Zusammenleben. – Es gibt Isis-Anhänger in Flüchtlingsheimen? – Das hat uns ein Klient vor Kurzem erzählt. Offenbar ist das tatsächlich gar nicht so selten. Vor Kurzem wurde ein Isis-Anhänger auch geschnappt und abgeschoben« (Heywinkel, 2015).

Die Stadt der Schwulen und die Erfindung einer neuen »Nation«?

Der Schwulenkiez: Schöneberg

Dass Klaus Wowereit im Jahr 2001 mit dem zum Slogan gewordenen Spruch *»Ich bin schwul – und das ist auch gut so!«* als Regierender Bürgermeister von Berlin gewählt wurde, ermutigte in Berlin schwule Identitäts-, Kiez- und Sichtbarmachungspolitiken, so dass hier von der Etablierung eines »Queer Nation Building in Berlin-Schöneberg« (Wolter, 2014 [2011]) gesprochen werden kann. In einem Essay beschreibt Salih Alexander Wolter die historischen Veränderungsprozesse im Bezirk Berlin-Schöneberg und zeigt mit literarischen Mitteln auf, wie aus einem »anatolischen« Stadtteil ein »westlicher« Schwulenkiez wurde:

> »Jüngeren Datums ist hingegen in Schöneberg die Frage: ›Europäische oder anatolische Seite?‹ Sie impliziert die Lösung eines Problems, das nach 1989/90 gerade in dieser Hälfte Berlins dringend wurde, wo die sich abzeichnende Realität des ›wirtschaftsgeographischen Begriffs Deutschland‹ [...] den Verlust des in der jahrzehntelangen Systemauseinandersetzung inszenierten ›Wir‹ umso spürbarer machte: Wie lässt sich die weitere Zugehörigkeit zu einer ›Wertegemeinschaft‹ begründen, ›die trotz des Endes des West-Ost-Konflikts mit »der Westen« umschrieben wird‹? Die Antwort – ›Es mussten neue Blöcke her, die in überzeugender Weise gegeneinander stehen‹ – verbindet sich [...] mit dem gesellschaftlichen Aufstieg eines bestimmten Teils der bundesdeutschen Schwulenszene. Für diesen ist ›Schöneberg‹ ebenso sehr Chiffre wie begehrter Lebensort – wobei alles, was damit heute assoziiert wird, im ›Westen‹ liegt. [...] Hier zog vor dem Rathaus [...] eine grüne Bezirksbürgermeisterin 1995 erstmals zum Christopher Street Day die

> Regenbogenfahne auf, und seit dem 1. August 2001 können drinnen Eingetragene Lebenspartnerschaften stilvoll im Goldenen Saal geschlossen werden. Weiter nördlich bietet, außer ›schwulen‹ Blumenläden, der Kiez um Nollendorfplatz und Motzstraße ein gut sortiertes Nachtleben, samt Bars, in denen Jungs aus Rumänien anschaffen, und Clubs, die sich auf die unterschiedlichsten Fetische spezialisiert haben. [...] Auch der ›Lesben- und Schwulenverband in Deutschland‹ (LSVD) residiert hier seit einigen Jahren – in einer repräsentativen Altbau-Zimmerflucht, für die der Bezirk die Miete zahlt. Von da wäre es ein bequemer Spaziergang, gen Osten die Bülowstraße entlang, zum ›Bosporus‹. Doch einflussreiche schwule Publizisten wurden nach dem 11. September 2001 nicht müde, die Gefahren dieser Nähe zu beschwören« (ebd., S. 17).

In dem heute als »Regenbogen«- bzw. Schwulenkiez geltenden Bereich rund um den Nollendorfplatz und die Motzstraße, wo zahlreiche schwule Kneipen und Bars mit Darkrooms zu finden sind, wird seit 1989 am Bahnhof Nollendorfplatz an die in der NS-Zeit verfolgten und ermordeten Homosexuellen mit einer Gedenktafel erinnert. So wird die zunehmende, später dominante, Existenz einer »schwulen Population« durch die stadtbaupolitische Erinnerungskultur und durch die romantisierende und dramatisierende Geschichtsschreibung einer schwulen Bewegung in zahlreichen deutschsprachigen Sammelbänden historisiert.[12] Gleichzeitig mit der seit Jahrzehnten zunehmenden Sichtbarkeit einer »schwulen Population«, der Etablierung eines schwulen Vergnügungssektors sowie einer durch entsprechende Neugestaltung »bunten« Stadtteilpolitik, die sich für die Durchführung eines kommerziellen Gay Pride einsetzt, werden die Existenz und die Geschichte der Arbeitsmigrant_innen und anderer, die immer noch als (muslimische) Migrant_innen betrachtet werden, in Nord-Schöneberg oft unsichtbar gemacht. Als Beispiel solcher geschichtsvergessenen Identitäts- und Stadtteilpolitik kann das Verschwinden des migrationspolitischen und rassismuskritischen Engagements des ehemaligen Schöneberger Vereins *Ausländerkomitee Berlin (West) e. V.* aus dem kollektiven Gedächtnis genannt werden. Der Verein setzte sich mit

12 Zur Kritik an einer solchen schwulen »Gedenkkultur« vgl. Yılmaz-Günay & Wolter, 2013.

migrantischen und nicht-migrantischen Initiativen und Gruppen zusammen. Ende der 1970er und Anfang der 1980er Jahre initiierte er Kampagnen für die Umsetzung des kommunalen Wahlrechts und gegen die Zuzugssperren und zur kulturellen Identität von Migrant_innen. Der Verein, der in der Langenscheidtstraße in Berlin-Schöneberg saß, war Ziel mehrerer Brandanschläge, die heute aus kollektiven Erinnerungen gestrichen worden sind (vgl. Ausländerkomitee Berlin [West] e. V., 1981). Vielmehr gilt heute Schöneberg als Zentrum der zweiten deutschen Schwulenbewegung und der gegenwärtigen schwulen Ausgehszene, die einen nicht kleinen Teil des Bezirks mit den Farben des Regenbogens dominiert und zum Markenzeichen eines Schwulenkiezes wurde.

Eine Auseinandersetzung mit der Frage nach den Sichtbarkeiten und Un-Sichtbarkeiten gewollter und ungewollter »Bevölkerungsgruppen« kann deshalb dabei helfen, die rassistische Anschlussfähigkeit des Homonationalismus besser zu begreifen. Seit die schwule Bewegung ihre Ziele zum »großen« Teil erreicht hat – und seit sich die BRD mit dem Lebenspartnerschaftsgesetz 2001 und dem Allgemeinen Gleichbehandlungsgesetz 2006 bewusster als aufgeklärt, tolerant und fortschrittlich versteht –, werden die »muslimischen« Migrant_innen durch die oben exemplarisch erwähnten Studien sowie durch Projekte und Berichterstattung als unpassende »Andere« hypersichtbar gemacht, indem über »sie« als Bedrohung und Gefahr für friedliches schwules Leben in »unserer« Gesellschaft diskutiert und entsprechend gehandelt wird (vgl. die Ausführungen im ersten Kapitel dieses Buches zu Andrea Mubi Brighentis »Schwellen der Sichtbarkeit«).

Der jährlich weltweit gefeierte Gay Pride findet seit 1979 als *Christopher Street Day* (CSD) auch in Berlin statt. Die schwule Bewegung beschäftigte sich bis dahin vor allem mit der Forderung nach der vollständigen Streichung des §175 des Strafgesetzbuches, der mannmännliche sexuelle Beziehungen unter Strafe stellte. Leitziele wie die sexuelle Freiheit und die Akzeptanz der sexuellen Orientierung, womit hauptsächlich die schwule Identität gemeint war, prägten die damaligen Aktivist_innen.

»Gay-Pride« wird bislang durch die weiß-dominierten schwul(-lesbisch)en Organisationen veranstaltet. Bei dieser Veranstaltung, die ursprünglich emanzipatorisch konzipiert war, wird »oft« auf die Partizipation von Queers of Color verzichtet. Zudem wurden in bisherigen CSDs rassistische Kampagnen verdeckt oder offen bzw. wissend oder unwissend gefördert und rassistische Ausschlüsse reproduziert, weshalb 2010 die Queer-Theoretikerin Judith Butler den Zivilcourage-Preis der offiziellen CSD-Organisation ablehnte (vgl. dazu ausführlich Suspect, 2010b).

In der Woche des CSD berichten die etablierten Medien regelmäßig speziell über homophobe bzw. schwulenfeindliche Vorfälle und tragen so zur öffentlichen Aufmerksamkeit für die Großveranstaltung bei, deren Organisator_innen von der Notwendigkeit einer »politischen« Mega-Party überzeugt ist:

> »Tatsächlich bringt die *taz* zum Berliner CSD Jahr für Jahr Artikel mit einer eher global-strategischen Perspektive auf das lokale Geschehen. So erinnerte das Blatt am Vorabend des Umzugs 2010 angesichts einer angeblich steigenden Zahl von Übergriffen junger Männer mit ›Migrationshintergrund‹ auf Besucher des schwulen Amüsierviertels im Stadtteil Schöneberg an das Schicksal einer anderen ›Minderheit‹, die ›es stets verstand, Nischen zu suchen – am Ende wurde sie doch zum Opfer‹« (Yılmaz-Günay & Wolter, 2013, S. 60f.).

Derartige Berichte unterstützen nicht nur die Verbreitung des antimuslimischen Rassismus, der dieses Mal von weißen schwulen Organisationen ausgeht, sondern verstärken auch die Konstruktion eines vermeintlichen Gegensatzes zwischen Schwulen und Muslim_innen, die einander fremd seien und sich ablehnend gegenüberstehen würden.

Auch wenn die CSD-Veranstalter_innen ihre Offenheit für eine plurale Gesellschaft virtuell äußern (vgl. die Internet-Präsenz des CSD-Vereins), gelingt es ihnen nicht, diese tatsächlich zu realisieren. Spätestens seit Judith Butlers öffentlicher Ablehnung des Zivilcourage-Preises wurde die Kritik an den CSD_Veranstalter_innen lauter: Die Aufforderungen, rassismuskritisch zu sein und sich mit eigenen Privilegien als Angehörige der weiß-deutschen Gesellschaft auseinanderzusetzen, wurden dennoch mit dem Argument abgelehnt, dass (auch weiße) Schwule einer Minderheit angehören würden, die homophoben Diskriminierungen ausgesetzt sei.

Weitere Kritiken basierten auf dem immer kommerzielleren Charakter einer politisch entstandenen Bewegung, die sich auf einen Ursprung im New Yorker Stonewall-Aufstand von 1969 beruft, der von Betroffenen nicht nur homophober, sondern auch rassistischer, transphober und klassenspezifischer Diskriminierung ausging (vgl. zu Stonewall, 1969: Voß & Wolter, 2013, S. 28–32). Weil sich die Ziele und Inhalte des Berliner CSD von dem politischen Ziel der Stonewall-Proteste immer mehr entfernten und sich die Großveranstaltung im Juni jedes Jahres zu einer pink-wirtschaftlichen Party verwandelte, standen die Kritiken und Forderungen mehrerer Queer-Organisationen im Mittelpunkt. Laut ihnen sollte der CSD wieder politische Themen aufgreifen. Die CSD-Veranstalter_innen nahmen diese Kritiken auf und entschieden sich im Jahr 2014, die »CSD-Party« in »Stonewall« umzubenennen. Durch die Namensänderung konnte allerdings nicht das gewollte politische Ziel erreicht werden. Die Veranstaltung blieb nicht nur eine reine Mega-Party, sondern setzte ihre Aus- und Abgrenzungspraktiken fort: An der Gestaltung der »Party« beteiligten sich Organisationen von Queers of Color und Schwarzen weiterhin nicht. Das Anti-Gewalt-Projekt *LesMigraS* der Berliner Lesbenberatung e. V. problematisierte in einem öffentlichen Statement nicht die Umbenennung des CSD, sondern die gleich gebliebenen Ausschlussstrukturen bei der Vorbereitung und der Realisierung des neuen Berliner Stonewall. In dieser Erklärung wurde deutlich gemacht, dass die Politik mehr als ein Name ist und deshalb mit der Umbenennung auch Machtstrukturen geändert werden sollten. *LesMigraS* erinnert die CSD-Veranstalter_innen deshalb an den ursprünglichen

> »[Stonewall-]Aufstand gegen rassistische, trans*diskriminierende, klassistische und homophobe Polizeigewalt. Bei Stonewall waren vor allem Trans*, Drag Queens, LSBTI of Color und Sexarbeiter_innen beteiligt. Stonewall war ein Straßenkampf, in dem es nicht nur um die Anerkennung von gleichen Rechten ging, sondern ein radikales Zur-Wehr-Setzen gegen alltägliche Gewalt. Bei Stonewall ging es um Mehrfachzugehörigkeiten und Mehrfachdiskriminierungserfahrungen. Wer sich den Begriff Stonewall zu Eigen macht, muss an diese Geschichte anknüpfen. Um den Namen ›Stonewall‹ zu tragen, müsste der Berliner CSD sich unserer Ansicht nach mit den eigenen rassistischen, klassistischen und trans*diskriminierenden Ausschlüssen auseinandersetzen, sich gegen Polizeigewalt engagieren, sich mit Mehrfachdiskriminierung beschäftigen

und bereit sein, dafür auch auf die Straße zu gehen – an mehr als einem Tag im Jahr. Ein Engagement gegen Homophobie und Trans*diskriminierung ist ohne eine antirassistische und antiklassistische Perspektive und Praxis überflüssig. Wenn sich der Berliner CSD in Stonewall Parade umbenennt, ohne sich auf diese politischen Kämpfe zu beziehen, dann wird ein weiteres Mal Stonewall als Geburtsstunde der Lesben- und Schwulenbewegung vereinnahmt« (LesMigraS, 2015).

LesMigraS – ein Projekt für und von lesbischen, trans* wie bisexuellen Migrant_innen und von Schwarzen lesbischen und bisexuellen Frauen – verdeutlicht in diesem Statement auch die Unsichtbarmachungspolitik des Berliner CSD-Vereins: Diese Politik sei demnach nicht nur durch die Vereinnahmung der Widerstandsgeschichten von Betroffenen rassistischer, trans-diskriminierender und klassenbestimmter Machtverhältnisse gekennzeichnet, sondern auch durch die Auslöschung dieser (Widerstands-)Geschichten in der gegenwärtigen Erinnerungskultur, die sich in den bisherigen CSD-Paraden etabliert hat. Eine weitere zentrale Kritik ist, dass nicht die Betroffenen der mehrdimensionalen Diskriminierungen im Mittelpunkt der (neuen) Stonewall-Parade stehen, sondern die Anderen, die im Gegenteil privilegiert sind, Politiken, Informationen, Diskurse und (neue) Definitionen herzustellen und diese durchzusetzen.

Ein Beweis dafür, dass bestimmte Bereiche von Schöneberg zum Schwulen- bzw. Regenbogenkiez geworden sind, ist das lesbisch-schwule Stadtfest, das vom *Regenbogenfonds der schwulen Wirte e. V.* jährlich veranstaltet wird und die (vor allem) schwule Sichtbarkeit auf die Spitze treibt. Am Motzstraßenfest nehmen jedes Jahr zahlreiche Vereine, Institutionen und Gewerkschaften teil, um gemeinsam ein Zeichen gegen Homophobie zu setzen. Das weitere Ziel des Stadtfestes ist die Repräsentation aller unterdrückten LSBTIQ*-Personen, die auf dem Stadtfest sich selbst vertreten, darstellen und ihre rechtliche, gesellschaftliche und politischen Belange behaupten sollen. Die Geschichte des Stadtfestes zeigt aber deutlich, dass dieses Ideal trotz des guten Willens nicht realisiert wird. So berichtete Queer.de am 31. Mai 2015, »dass [es] 23 Jahre gedauert [hat], bis das schwul-lesbische Stadtfest in Berlin zum ersten Mal ein Frauenmotiv auf dem Plakat zeigt« (Queer.de, 2015).

Abb. 2: Plakat vom lesbisch-schwulen Stadtfest aus dem Jahr 2015

Dieser erste Schritt, auch die lesbische Identität offensichtlich zu repräsentieren und ein Zeichen gegen Rassismus zu setzen, wurde zunächst von mehreren LSBTIQ*-Organisationen begrüßt, denn auf dem Plakat war ein sich küssendes Frauenpaar abgebildet. Kritisiert wurde jedoch, dass das Paar, das als lesbisch wahrgenommen werden sollte, mit kulturalistischen und rassistischen Markierungen abgebildet wurde. Der Migrationsrat Berlin-Brandenburg (MRBB) hieß zwar in seiner Stellungnahme die Absicht der Organisatoren gut, weil sie sich mit diesem Plakat und mit dem Slogan »Gleiche Rechte für Ungleiche« für eine Stadt der »Vielfalt« einsetzen wollten. Kulturalisierend war aber vor allem die Abbildung einer der beiden Frauen, der ein Kopftuch aufgesetzt wurde, damit die Betrachter_innen sie als »muslimisch« wahrnehmen konnten. Auch durch die arabische Übersetzung des Slogans vermittelte das Plakat die (imaginierte) Religionszugehörigkeit der kopftuchtragenden Lesben. Denn die Wahrnehmung der arabischen Schrift kann schnell die Verbindung zur arabischen bzw. muslimischen Welt herstellen. In seiner Stellungnahme (hinter)fragte der Migrationsrat Berlin-Brandenburg deshalb die Bild- und Repräsentationspolitik des Veranstalters des Stadtfestes. Demnach kann der *Regenbogenfonds e.V.* mit seinen (Plakat)Aktionen nicht die Menschen repräsentieren, die bei der Gestaltung und Vorbereitung dieser Aktionen nicht mit einbezogen wurden:

> »Wir gehen davon aus, dass es die Intention des Regenbogenfonds gewesen ist, durch die vermeintlich diversere Darstellung von Menschen auf dem Plakat Menschen und Communities zu erreichen, die bisher auf dem Stadtfest nicht oder nur wenig repräsentiert waren. Hätten die oben genannten Migrant_innenselbstorganisationen, Gruppen und Vereine wirklich ernsthaft an der Planung (z.B. des Plakats) partizipieren können, hätte das Stadtfest womöglich wirklich den Zugang zu anderen Communities erlangt« (MRBB, 2015).

Kreuzberg und das Ende der Trans*genialen

Ähnlich wie in Nord-Schöneberg, wo der LSVD und das Schwule Überfalltelefon Maneo ihre zivilgesellschaftlichen Kampagnen und Projekte – meistens zuungunsten der als homophob lancierten »muslimischen« Migrant_innen – durchführen, entwickeln sich auch in Berlin-Kreuzberg homonationalistische Ereignisse, die Jin Haritaworn in einem seiner Aufsätze als »sexuelle Spektakel von Kiez und Nation« bezeichnet (vgl. Haritaworn, 2009, S. 41ff.).

Als eine Gruppe von Drag-Kings im Juni 2008 während eines Festivals für Drags von einer mutmaßlich »türkischen« Gruppe angegriffen wurde, wurden die (antimuslimischen) Thesen von LSVD und Überfalltelefon Maneo auch in Kreuzberger Queer-Gruppen re-aktualisiert und medial verbreitet. Nach diesem Vorfall »fühlten« sich weiße Queer-Gruppen und Personen durch die »türkischen« Jugendlichen in Kreuzberg bedroht. Einen Tag nach dem Gewaltvorfall an den Drag-Kings konnten sie Tausende von Menschen gegen »migrantische« Homophobie mobilisieren und in dem »migrantischen« Kiez unter dem Motto »Smash Homophobia!« die Regenbogenfahnen hochhalten. Jin Haritaworn problematisiert zu Recht sowohl die lesbisch-schwulen Reaktionen als auch die linke Berichterstattung über diesen Vorfall mit dem Argument, dass wieder der Diskurs über die Homophobie der »Anderen« gepflegt wurde – und dieses Mal nicht nur mithilfe von Studien des LSVD oder von Maneo, sondern auch durch »linke-queere« Moralpanik und Alarmierung gegen gewaltvolle »migrantische« Homophobie (Haritaworn, 2009, S. 45).

Hinsichtlich der Stadtteilpolitik, in die nicht nur die Stadtverwaltung, sondern auch Vereine, Organisationen, Gewerbe und Wohnbaugesellschaften sowie politische Parteien involviert sind, setzte die vermeintliche »Anti-Homophobie-Demonstration« in Kreuzberg ein deutliches Signal gegen die »migrantischen« Anwohner_innen, die seit Generationen in Berlin-Kreuzberg mit unterschiedlichen marginalisierten Bevölkerungsgruppen leben und gleichzeitig mit rassistischen Zuschreibungen diffamiert werden. Auch diese Demonstration lässt sich als Ausdruck einer homonationalistischen Dominanzgesellschaft verstehen. In seiner Beobachtung und Analyse zeigt Haritaworn analog zum weiß-feministischen Emanzipationsdiskurs auf, wie sich der Repräsentationsanspruch weiß-linker »queerer« Gruppen darstellt (vgl. ebd., S. 60). In diesem Zusammenhang spricht auch Gabriele Dietze von einer Ethnisierung und Orientalisierung der Homophobie in weiß-linken Queer-Gruppen in städtischen Räumen wie Berlin-Kreuzberg (Dietze, 2009, S. 44). In Anbetracht dieser Demonstration und früherer Kampagnen von lesbisch-schwulen Organisationen kann der »Kampf gegen Homophobie« als »Kampf« gegen »migrantische« Bevölkerungsgruppen übersetzt werden, die im Namen der freiheitlich-demokratischen Grundordnung andauernd damit konfrontiert sind, sich entweder als schwulenfreundlich zu offenbaren und damit von homophoben Vorfällen öffentlich zu distanzieren oder aber die Konsequenzen ihrer »orientalischen« Homophobie zu tragen.

Ein Argument gegen die pauschalisierende Behauptung »orientalischer« Homophobie ist, dass Kreuzberg nachweislich einer der wenigen Orte der Bundesrepublik ist, an dem tatsächlich Menschen unterschiedlicher sexueller, geschlechtlicher sowie sozio-kultureller Identitäten miteinander leben. Auf dem ehemaligen *Transgenialen Christopher Street Day* (TCSD), der zwischen 1997 und 2013 jährlich in Kreuzberg veranstaltet wurde, protestierten die Teilnehmer_innen und Organisator_innen gemeinsam mit den Anwohner_innen des europaweit bekannten Kreuzberger Kiezes *SO36* gegen jegliche Form von rassistischen, transfeindlichen und homophoben Diskriminierungen, und sie kritisierten die immer kommerzieller gewordenen großen CSD-Feierlichkeiten, bei denen nicht alle geschlechtlichen und sexuellen Identitäten repräsentiert werden, sondern eine »Über-Normalisierung« einer weißen schwulen Sichtbarkeit angestrebt wird. Auch wenn heute der TCSD nicht mehr stattfindet, sind die Ursachen für dessen Auflösung vielmehr auf die Diskussion über neuen Rassismus innerhalb des Organisationsteams zurückzuführen.

Der Südosten Kreuzbergs ist seit spätestens dem Anfang der 1980er Jahre ein Ort, an dem mehrere Kneipen und Bars betrieben werden, die in erster Linie alle Queers ansprechen und aber für andere Menschen des Stadtteils und der Stadt offen sind. Als ein konkretes Beispiel für solche Orte kann zunächst der Nachtklub *SO36* in der Oranienstraße genannt werden. Dort findet monatlich die Veranstaltung *Gayhane* bzw. *House of Halay,* eine Party für Queers of Color und ihre Freund_innen, statt. Auf der Internetpräsenz heißt es:

> »GAYHANE ist längst über die Grenzen der Stadt bekannt und findet bereits in vielen großen Städten Nachahmer. Seit nun fast 8 Jahren begegnen sich Lesben, Schwule, Transen und deren Freunde auf dem HomoOriental Dancefloor, den die DJ's Ipek, mikki_p, Khandan und Ceto mit türkischer, arabischer, aber auch griechischer und hebräischer Popmusik gestalten. In einer Mischung aus morgen- und abendländischen Klängen und Temperamenten entwickelt sich sehr schnell eine stimmungsvolle Party, deren Flair durch die phantasievolle Verwandlung des Veranstaltungsortes in ein orientalisches Festzelt untermalt wird« (Gayhane, 2016).

Ein weiteres Beispiel für die Orte für und von Queers of Color und ihre Freund_innen ist das Café *Südblock* am Kottbusser Tor, das in der mittelständischen Mehrheitsbevölkerung immer noch als sozialer Brennpunkt Berlins gilt und aufgrund anderer marginalisierter Szenen wie der der »Junkies« für skandalisierende Berichte in Mainstream-Medien sorgt. Das Café *Südblock*, das sich fast in der Mitte der Marginalisierten befindet, setzt permanent politische Themen bezüglich des Rassismus, der Transdiskriminierung, der Homophobie und sozioökonomischer Ungleichheiten und fordert nicht nur seine Gäste, sondern auch Nachbar_innen auf, ein Zeichen gegen die Polarisierung der Kreuzberger_innen in Form von »Queers vs. Migrant_innen« zu setzen. Das Café ist zudem benachbart mit der Initiative *Kotti & Co – die Mietergemeinschaft vom Kottbusser Tor in Berlin Kreuzberg,* die sich seit 2011 gegen Mieterhöhungen, Verdrängung und für die Erhaltung bezahlbarer Wohnungen engagiert. Das Verhältnis zwischen *Kotti & Co* und *Südblock* ist durch die solidarische Nachbarschaft gekennzeichnet, in der das Café für die Protestveranstaltungen und andere Aktivitäten der Initiative Räume und Öffentlichkeit zur Verfügung stellt. Zu der Initiative gehören Personen, die sich nicht unbedingt als eine homogene Gruppe verstehen, dennoch ein gemeinsames Ziel verfolgen. Von *Kotti & Co* fühlen sich nicht nur Migrant_innen, Migrantisierte, Queers oder weiße Linke angesprochen, sondern auch andere Einwohner_innen, die um bezahlbare Wohnräume kämpfen und sich mit benachteiligten Gruppen zusammenschließen. Auch wohnungslose Menschen finden bei *Kotti & Co* Gehör und Raum, in dem sie willkommen geheißen und nicht zum (unnützen) Anderen gemacht werden.

In den öffentlichen Diskussionen um Homophobie in der Einwanderungsgesellschaft der Bundesrepublik werden diese demographischen Gegebenheiten entweder ignoriert oder verleugnet, weil sie nicht der Legitimation von vorherrschenden anti-migrantisch und rassistisch geprägten (schwulen) identitätspolitischen Diskursen dienen.

Dieser Teil von Kreuzberg, der auch als »küçük İstanbul«, also Klein-Istanbul, bekannt ist, wird oft als »No-go-Area« für Schwule und Lesben problematisiert bzw. zum Gegenstand der »orientalischen« Homophobie-Diskurse gemacht.

Die seit 2006 regelmäßig stattfindende *Kiss Kiss Berlin*-Aktion von Maneo ist als gutes Beispiel für die Träger_innen derartiger öffentlicher

Debatten zu verstehen. Laut den Veranstaltern soll die *Kiss Kiss Berlin* an »*symbolischen*« *Orten* der Hauptstadt, wie Neukölln, Kreuzberg und Wedding, ein Zeichen gegen Homophobie setzen, von der laut Maneo mehrheitlich (weiße) Schwule betroffen sind. Das Datum dieser Aktion, der 17. Mai, ist mittlerweile dafür bekannt, dass die Generalversammlung der Weltgesundheitsorganisation (WHO) 1990 die Homosexualität von der Liste psychischer Krankheiten gestrichen hatte. Die Streichung der Homosexualität als Krankheit wird unter anderem mit der genannten Berliner Aktion gefeiert. Deren Ziel ist außerdem, so die Organisatoren, die »Toleranz« und Akzeptanz schwuler Sichtbarkeit mit Unterstützung durch zahlreiche nicht-staatliche Organisationen und von im Abgeordnetenhaus vertretenen Politiker_innen in bestimmten – als homophob deklarierten – Stadtteilen durchzusetzen.

Die in den vergangenen Jahren durchgeführten Studien, die die Homophobie der ausgewählten »symbolischen« »anatolisierten bzw. orientalisierten« Orte zu belegen versuchen, sowie die Zusammenarbeit von weiß-schwul dominierten Gewerben, Organisationen und prominenten politischen Persönlichkeiten produzieren eine Mehrheitsmeinung, die rasant zum Allgemeinwissen der weißen mehrheitsdeutschen Gesellschaft wird.

> »Unterstützt von Mitgliedern des Berliner ›Toleranzbündnisses‹, dem bereits 130 Unternehmen, Events und Einrichtungen angehören, veranstalten wir in diesem Zeitraum jedes Jahr zahlreiche Aktionen in Berlin; im letzten Jahr waren es bereits 30. Gemeinsam setzen wir als ›Gay-Straight-Alliance‹ sichtbare Zeichen, treten ein für ein buntes und weltoffenes Berlin, für gesellschaftliche Toleranz und Vielfalt, stellen uns gegen Rassismus, Homophobie, Transphobie – gegen jede Form von gruppenbezogener Menschenfeindlichkeit. Mit unseren Aktionen wollen wir Menschen erreichen, interessieren und mitziehen« (Maneo, 2015).

Auch wenn sich Maneo in den letzten Jahren bemüht, auch das Wort Rassismus in seinen Werbetexten, Plakaten und Kampagnen zu artikulieren, misslingt es dem Projekt dennoch, in seinen Kampagnen gegen Homophobie und Transdiskriminierung rassismuskritisch vorzugehen. Die *Kiss Kiss Berlin*-Aktion 2015 wiederholte die Ignoranz der schwulen Sichtbarkeitspolitik und versuchte erneut, die Homophobie zu orientalisieren. Die ausgewählten Orte, an denen die Aktion stattgefunden hat, sollen nach der Meinung der Initiatoren die Orte der Homophobie und der Transdiskriminierung symbolisieren. Die Berliner Bezirke bzw. Stadtteile wie Kreuzberg, Neukölln und Wedding, die von den Organisatoren als »repräsentative« Orte bezeichnet werden, sind von der Geschichte der Arbeitsmigration und von der Gegenwart der Kinder und Enkelkinder der Arbeitsmigrant_innen geprägt. Die Antworten auf die Fragen danach, wer oder welche Gruppen hier repräsentiert werden, bleiben in den Ankündigungstexten der Aktion schleierhaft. Hier handelt es sich zusätzlich um die Einordnung der Homophobie und der Transdiskriminierung am Beispiel der Arbeitsmigrant_innen und von deren Nachwuchs, die nicht nur orientalisiert, sondern auch zu einer »Klasse« gemacht werden. Auch die Organisationen von und für Queers of Color, wie GLADT e.V. (Gays and Lesbians aus der Türkei), sowie der MRBB fühlen sich von dieser Aktion überrumpelt. In der Stellungnahme vom 17. Mai 2015 zur *Kiss Kiss Berlin* kritisiert GLADT e.V. Maneo für dessen ignorantes Vorgehen:

> »Ganz praktisch bereitet uns diese Aktion Bauchschmerzen, und zwar aus mehreren Gründen. Vor allem in Kreuzberg, wo viele verschiedene Communities und Szenen zusammenfließen und dadurch einen sehr vielfältigen und spezifischen Sozialraum bilden, mutet die Maneo-Aktion geradezu grotesk an: Eine weiße, cis-männlich-dominierte, schwule Organisation wirft hier einen Hilfeballon für eine bessere Welt ab, ohne mitzudenken, dass hier lokale Aktivist*innen schon seit Jahren communitybasierte Antidiskriminierungsarbeit leisten. Diese wurden nicht einmal eingeladen. Das ist nicht nur arrogant, sondern vor allem respektlos! Wir kritisieren Maneos Vorgehen! Wir leben in einer Gesellschaft, die rassistisch, diskriminierend, homophob und trans*diskriminierend ist, und wir verurteilen Gewalt und Diskriminierung zutiefst.
>
> Wir empfinden es als Schlag ins Gesicht, dass sich Maneo auf Übergriffe an Orten konzentriert, an denen wir durch Kontaktaufnahme, Zuhören, Fragen beantworten, Fragen stellen, sich hineinversetzten, mal lachen und mal streiten in den letzten Jahren so viel erreicht haben. Wir leben in Kreuzberg und Wedding, dies ist keine Kurzzeit-Bühne für Maneos einstündige Inszenierung von farbenfroher Weltoffenheit. Im

> Gegenteil gefährdet die Maneo-Aktion die Beziehungsarbeit zu unseren Nachbar*innen und stellt sie auf die Probe« (GLADT, 2015).

Die schwule Dominanz setzt sich nicht nur in Schöneberg und Kreuzberg, wie bisher dargestellt, sondern auch im Norden von Neukölln durch, der als einer der größten sozialen Brennpunkte der Republik bekannt ist. Die Geschichte Nord-Neuköllns ist nicht nur von Migrationsbewegungen geprägt, sondern auch durch den ungleichen Zugang zu Wohnraum, Arbeitsplätzen, Schulen sowie den öffentlichen Orten, an denen die Diskussionen um die Erfolge und Misserfolge sowie die Integrationswilligen und -verweigerer kontinuierlich geführt werden. Diese Diskussionen, die in und über Neukölln herrschten, zielten auf eine klare Dichotomisierung der Gesellschaft in »Muslim_innen und Deutsche«, »Muslim_innen und Homosexuelle« etc. Der Beitrag der schwulen Sichtbarkeitspolitik in Neukölln zu dieser Polarisierung hat hierbei besondere Auswirkungen auf den Stadtteil, der sich seit Anfang der 2010er Jahre in einem rasanten Gentrifizierungsprozess befindet.

Neukölln: Vom »orientalischen« zum »Schwulenkiez«

Was an den Kreuzberger und Schöneberger Beispielen für Gentrifizierung und die Verwandlung dieser Stadtteile vom »orientalischen Anatolien zum okzidentalen Schwulenkiez« beispielhaft aufgeführt wurde, lässt sich in den 2010er Jahren auch im Berliner Stadtteil Nord-Neukölln beobachten. Er unterscheidet sich von Süd-Neukölln hinsichtlich der demographischen Strukturen. Im Gegensatz zum Norden kann der Süden Neuköllns als kleinbürgerlich, mittelständisch, weiß, familiär und heteronormativ bezeichnet werden (vgl. Loy, 2013). Statt der Mietshäuser ist dieser Teil des Bezirkes mehr von privaten Reihenhäusern dominiert. Die Anzahl der Stimmberechtigten an den Parlaments- und Kommunalwahlen in Süd-Neukölln ist deutlich höher als im Norden. Nord-Neukölln war als ein Stadtteil von »Arbeitslosen, Alkoholiker_innen, Junkies, Kriminellen und Migrant_innen«, überwiegend aus arabischen Ländern und der Türkei, bekannt. Die Bezeichnung »Sozialer Brennpunkt« wurde als Synonym für Nord-Neukölln verwendet. Mit dieser Region wird nicht nur die migrantische

Bevölkerung assoziiert, sondern auch »Asozialität bzw. Schmarotzertum«. Im Gegensatz zum Norden leben in den südlichen Regionen wie Rudow, Buckow und Britz zumeist erwerbstätige, steuerzahlende Mehrheitsdeutsche, die »selbstverständlich« stimmberechtigt über das Leben der Nord-Neuköllner_innen bestimmen.

Der ehemalige »soziale Brennpunkt« Berlins, also Nord-Neukölln, wurde spätestens mit der Schließung des Tempelhofer Flughafens und der Zugänglichmachung des Flugfeldes für die Öffentlichkeit unter dem Namen »Tempelhofer Freiheit« 2010 ein attraktiver Ort für Student_innen, Künstler_innen, Wissensproduzierende und linke Gruppen, die sich gegen Rassismus, Antisemitismus, Sexismus und Homophobie einsetzen wollen. Die spürbaren und sichtbaren demographischen und architektonischen Veränderungen ließen sich am Auftreten neuer Personengruppen, am Auftauchen von Kunst- und Schutzräumen von und für Queers sowie neuen Kneipen, Galerien, Bio-Märkten, Sportstudios und Discos für – vor allem – Schwule beobachten. Als das alte »SchwulenZentrum«[13] (heute »SchwuZ«) seinen Umzug von Kreuzberg nach Nord-Neukölln bekanntgab, wurde dies in den Berliner Printmedien und Online-Nachrichtenportalen mit großer Besorgnis thematisiert. Ein Bericht in der *Berliner Morgenpost* über den Umzug befand, »die Sache hat sozusagen nur einen Haken« (Kittel, 2013):

> »Die ehemalige Kindl-Brauerei liegt in einem Viertel, über das Zeitungen noch vor zwei Jahren die Überschrift schrieben: ›Wohnen, wo niemand wohnen will‹ – auch wenn das ein Text über ein gelungenes Integrationsmodell war. Denn dieser Kiez rund um die Hermann-, Karl-Marx-, Flughafen- und Rollbergstraße ist eben nicht nur für Integrationsprojekte bekannt, sondern für eine hohe Rate an Analphabeten, an Eltern, die lieber ihre Sozialhilfe in Alkohol als in die Ausbildung der Kinder investieren, und soziale Spannungen zwischen verschiedenen Migrantengruppen« (ebd.).

13 Das SchwulenZentrum (SchwuZ) wurde 1977 durch die Initiative der »Homosexuellen Aktion Westberlin« als ein Treffpunkt für emanzipatorisch-aktivistische Schwule in Berlin-Schöneberg gegründet. Für ausführlichere Informationen siehe die Webseite des Vereins (vgl. SchwuZ, 2015).

Obwohl sich die Vertreter des »SchwuZ« von den Vorannahmen der Presse und der Politik – kurz gesagt: von der vorherrschenden Meinung, es gebe viel Homophobie in Nord-Neukölln – distanzierten, wurde in den Medien vor den Gefahren für Homosexuelle im Kiez weiterhing »vorsichtig« gewarnt. Auch im Zusammenhang mit diesem Umzug wurde eine »urbane Panik« (vgl. Tsianos, 2013) durch die Konstruktion von »gewaltvoller Homophobie« seitens »migrantischer« Jugendlicher aufrechterhalten. Um diese urbane Panik zu rechtfertigen, interviewte der Reporter Sören Kittel für die *Berliner Morgenpost* Gilles Duhem, einen Mitarbeiter eines Jugendbildungsprojekts vom Rollbergkiez, und berichtete anhand dessen über mögliche »schwulenfeindliche« Auseinandersetzungen im Kiez:

> »Dass aber auch Gewalt hier im Kiez vorkommt, könne er sich schon vorstellen. Sollte das geschehen, so hofft Gilles Duhem, dass dann sofort die Gegenreaktion greife: ›Polizei, Anzeige, Verurteilen, Knast – dann sehen die, dass ihr Verhalten in Berlin nicht funktioniert.‹ Duhem macht sich aber um die ›SchwuZ‹-Gäste wenig Sorgen: ›Die können auch im Zweifelsfall gut zurückschlagen, sind ja nicht wenige‹« (Kittel, 2013).

Im Zeitraum vor und nach dem Umzug des *SchwuZ* wurden in den erwähnten neuen Räumen für und von Queers in Neukölln auch diverse Veranstaltungen zur Situation von Homosexuellen in Nord-Neukölln durchgeführt. Im Sommer 2012 organisierte der Neuköllner Bezirksverband der Partei Die Linke eine Diskussionsveranstaltung mit Neuköllner_innen zur Frage: »Ist Neukölln homophober als Schöneberg?« Das Ziel dieser Veranstaltung war es, offen über Homophobie im »migrantischen« Nord-Neukölln zu reden und »Lösungsmöglichkeiten« zu finden, um »miteinander« zu leben (vgl. Die Linke/Bezirksverband Neukölln, 2012). Eine weitere, ähnliche Diskussionsveranstaltung wurde in einer Queer-Kneipe in der Nähe des Rathauses Neukölln zur Frage: »Wie queer ist Neukölln?« organisiert. Im Ankündigungstext hieß es: »Gemeinsam mit euch möchten wir darüber diskutieren, wie wir eine positive Kiezentwicklung und ein respektvolles Zusammenleben aktiv gestalten können« (vgl. Bündnis 90/Die Grünen, 2013).

Sowohl das Interview mit dem oben erwähnten Gilles Duhem als auch die Berichterstattung zum Umzug des »SchwuZ« sowie diese und ähnliche Veranstaltungen über »queere« Verhältnisse und Kiezentwicklungspolitik in Neukölln belegen einerseits die Polarisierung der Gesellschaft in »Wir« (die »homofreundliche« Nation) vs. »Sie« (die »homophoben« Migrant_innen). Andererseits werden Ungleichheitsverhältnisse (zu viele Kinder, zu viel Alkohol, zu viele Arbeitslose usw.) so verkehrt, als würden sozial benachteiligte Bevölkerungsgruppen sich die Zugänge zu besseren Lebensmöglichkeiten selbst blockieren, weswegen sie unter anderem »homophob« werden würden.

Moschee: nur was für Heteros[14]

Der Verein *Leadership Berlin* unternahm im November 2014 einen Versuch, eine der bekanntesten Berliner Moscheen in Nord-Neukölln mit einer Gruppen von Lesben und Schwulen zu besuchen. Der Besuch der Moschee sollte durch *Leadership Berlin* im Rahmen eines Toleranz- und Akzeptanzprojektes *meet2respect* in Kooperation mit der Şehitlik- Moschee, dem Völklinger Kreis – Berufsverband schwuler Führungskräfte – und dem LSVD stattfinden. In der Şehitlik-Moschee können in der Regel Führungen mit mittelgroßen Gruppen ab sieben Personen durchgeführt werden. Dabei werden die Moschee und ihre Geschichte vorgestellt und mögliche Fragen zu Islam und Koran beantwortet. Die Moschee-Vertreter_innen begegneten dieser Anfrage anfänglich positiv und beabsichtigten auch, einen Termin zu vereinbaren. Als die Interessierten *meet2respect* und LSVD dann jedoch um Erweiterung der Moscheeführung mit einer Diskussionsveranstaltung in den Gebetsräumen der Moschee baten bzw. auf dieser bestanden, lehnten die Moscheevertreter_innen diesen »Wunsch« mit ihrerseits nachvollziehbaren Argumenten ab: Die Moschee kann nicht als ein Veranstaltungsort verwendet werden, weil sie in unterschiedlichen Zeiten des Tages als Gebetsraum benutzt wird, und dies habe Vorrang vor einer Diskussionsveranstaltung. Die Absage der Moschee bezog sich, wie kurz dargestellt, nur auf den Veranstaltungsort. Eine Begegnung mit den

14 Artikel in der *taz* vom 16.11.2014 (Wierth, 2014).

Interessierten wurde weder ausgeschlossen noch problematisiert. Die Moscheevertreter_innen waren dafür, die Diskussionsveranstaltung an einem anderen Ort, an dem nicht unbedingt gebetet wird, durchzuführen. Trotz der Alternativvorschläge skandalisierte der LSVD die »Absage« der Moschee medial und blendete die Hintergrundgespräche unter den Beteiligten aus. Die Skandalisierung dieser »Absage« führte in den Mainstream-Medien wieder zur Polarisierung der Menschen in »Homosexuelle« und »Muslim_innen«. Die Einteilung der Menschheit in dieser Form lässt die ironische Frage stellen, ob die Muslim_innen keine sexuelle Orientierung haben würden oder ob sich alle Homosexuellen als nicht-muslimisch verstehen. In der Vergangenheit, im Jahr 2008, gab es beispielsweise eine gemeinsame Stellungnahme des muslimischen Dachverbandes DITIB, dem auch die Şehitlik-Moschee angehört, und anderer muslimischen Organisationen gegen Homophobie und Diskriminierung aller Menschen (vgl. GLADT, 2009).

Aufgrund der Skandal-Berichte, die vom LSVD ausgingen, veröffentlichte die Şehitlik-Moschee am 20. November 2014 eine Pressemitteilung, in der deutlich gemacht wird, dass die Moscheevertreter_innen einen Dialog mit allen anderen Menschen, inklusive Homosexuellen, die sich für Islam und Moschee interessieren, nicht ausschließen. Nicht nur wegen der Skandalisierungs-, sondern auch der Profilierungsversuche des LSVD auf Kosten der Moschee und der (heterosexuell lebenden) Muslim_innen positionierte sich die Moschee gegen ein Treffen mit dem LSVD, aber nicht mit interessierten Homosexuellen:

> »Am 24.11.[2014] werden Vertreter des Landesverbands DITIB Berlin an einer meet2respect-Diskussionsveranstaltung teilnehmen, die im Tagungswerk Jerusalemkirche stattfindet. Diese Veranstaltung tritt an die Stelle an die ursprünglich von Leadership Berlin im Rahmen seines Projektes meet2respect geplante Moscheeführung mit anschließender Diskussion. Der Lesben- und Schwulenverband (LSVD) hatte sich dieser Begegnung verweigert und beharrt weiterhin auf einer Veranstaltung in der Moschee. Entgegen anders lautenden Bekundungen gibt es allerdings keine konkreten Planungen oder gar einen Termin für eine Moscheebesichtigung. Wir sind allerdings gerne bereit zur Fortsetzung des Dialoges im Rahmen von meet2respect. Damit unsere Offenheit nicht für eigene Profilierung missbraucht wird, haben wir keinen ver-

bindlichen Termin zugesagt. Wir können es nicht verstehen, warum sich der Verband über unsere Moschee profilieren und die Begegnung, die uns so wichtig wäre, politisch ausschlachten möchte. Deshalb wollen wir von weiteren Gesprächen mit dem LSVD Abstand nehmen und dessen Kommunikationsverhalten auch nicht weiter kommentieren« (Şehitlik-Moschee, 2014).

Muslim_innen vs. Homosexuelle

Um zurück zu dem einleitenden Zitat dieses Kapitels zu kommen, kann an dieser Stelle noch einmal auf die Polarisierung der Gesellschaft in »Muslim_innen vs. Homosexuelle« hingewiesen werden. Solange über zwei Gruppen als Gegensatz gesprochen wird, ist es für eine Gesellschaft nicht möglich, sich für fortschrittlich zu halten. Das Zitat macht deutlich, dass nach der weiß-hegemonialen Meinung unter Muslim_innen entweder keine Homosexuellen existieren oder diese von Muslim_innen prinzipiell nicht akzeptiert werden. Diese Art des Redens und Handelns der weiß-dominanten schwulen Organisationen, der Politik, der Medien und großer Teile der sich für »aufgeklärt« haltenden Gesellschaft muss in diesem und anderen wissenschaftlichen, sozialarbeiterischen wie bildungspolitischen, schriftlichen wie narrativen Beiträgen thematisiert, problematisiert und im besten Fall skandalisiert werden, um die Ausschlüsse und Ungleichheitsverhältnisse in einer Gesellschaft sichtbar, hörbar und kritisierbar machen zu können. Dadurch könnten sowohl auf Wissenschaft und Politik als auch auf die »Zivilgesellschaft« Einfluss genommen und im idealsten Fall diskriminierungsarme gesellschaftliche Strukturen geschaffen werden.

Konkret kann die Wissenschaft, die sich in Deutschland bisher noch kaum von intersektionalen Ansätzen beeinflussen lässt und die mehrdimensionalen Diskriminierungen – nicht nur aus methodischen Gründen, sondern auch aus der Perspektive eindimensionaler Identitätspolitiken, »hier die Schwulen, dort die Muslim_innen« – nicht ernst nimmt, kritisiert werden.

Die Zivilgesellschaft kann in der Hinsicht ihrer Lobbyarbeit, die sie auf Kosten der »Anderen«, die sie konstruiert, betreibt, aufgefordert werden, sich mit mehrdimensionalen Diskriminierungen auseinanderzusetzen und für bzw. zumindest nicht gegen die mehrdimensional Diskriminierten zu arbeiten.

Zudem soll darauf hingewiesen werden, dass die Hierarchisierung der Diskriminierten bzw. der Betroffenen nicht Hauptausgangpunkt der Lobbyarbeit der Zivilgesellschaft sein sollte. Eine solche eindimensionale zivilgesellschaftliche Arbeit kann mehr dazu beitragen, dass eine Gruppe immer häufiger zur Zielscheibe einer Diskriminierungsform, etwa des antimuslimischen Rassismus, wird. In dieser Situation kann dann die andere Gruppe, die als größeres Diskriminierungsopfer konstruiert wird, diese Form der antimuslimisch rassistischen Diskriminierung stärker fördern, in der Art und Weise der Reproduktion der Argumente für hergestellte Gegensätze.

Dass die Nicht-Regierungsorganisationen in Kooperation mit wissenschaftlichen Institutionen und Universitäten arbeiten, um ihre Arbeit, ihre Anliegen, ihre gesellschaftspolitischen Problematisierungen zu legitimieren, ist aus der Sicht intersektionaler Forschung notwendig und förderlich. Die legitimierbaren Interessen und Anliegen, beispielsweise mehr Fördergelder für die Infrastruktur der Organisationen zu beanspruchen, können im Idealfall vom Staat oder anderen fördernden Institutionen unterstützt werden. Die hier analysierten Studien stellten unterschiedlich diskriminierte Gruppen zunächst aus einer weiß-schwul-lesbischen Perspektive als Konkurent_innen in der Sache des Diskriminiertseins dar. Eine solche Methode der Politik und der (Lobby-)Arbeit kann schließlich einer Gruppe helfen bzw. sie (noch mehr) privilegieren, die als Opfer einer anderen diskriminierten Gruppe präsentiert wird. Die Etablierung der Konstruktion von Tätern als vor allem heterosexuell, jung, männlich und migrantisch kann im schlimmsten Fall durch staatliche Maßnahmen (strenge Integrationspakete), polizeiliche Eingriffe *(racial profiling)* oder ganz einfach durch Besorgnisse (weißer) Bürger_innen zu Rassismus führen, der im Kampf gegen Homophobie, Sexismus und Antisemitismus entweder relativiert oder völlig ausgelassen wird. Dies geschieht auch in der Kooperation zwischen Staat, Zivilgesellschaft und Wissenschaft.

Abschluss

Zülfukar Çetin & Heinz-Jürgen Voß

Ein Buch zu schreiben, das, aus einer klaren Analyse gesellschaftlicher Entwicklungen, Anregungen für zukünftiges emanzipatorisches politisches Streiten gibt, steht grundlegend infrage, wenn in einer Gesellschaft faschistische, extrem rechte und rechtspopulistische Richtungen zu dominieren beginnen. Der gesamte Schreibprozess musste mit dem massiven Erstarken der Faschisten und extremen Rechten in Deutschland und Europa umgehen. Kaum ein Tag verging seit etwa der Mitte des Jahres 2015, ohne dass weiße Deutsche Anschläge auf Geflüchtete oder Flüchtlingsunterkünfte verübten.

Im Verlauf der Bearbeitung des Bandes wurden politisch und medial Diebstähle und sexuelle Übergriffe in der Silvesternacht zum Jahreswechsel von 2015 auf 2016 in Köln skandalisiert. Obwohl nach den ersten Ermittlungsergebnissen gegen keinen Asylbewerber der Anfangsverdacht bestand, an einem sexuellen Übergriff beteiligt gewesen zu sein, wurde die politisch-mediale Debatte von Beginn an in einer Weise geführt, dass die Asylbestimmungen weiter verschärft werden müssten. In der Debatte wurden rassistische Stereotype in einer Offenheit und Selbstverständlichkeit genutzt, die sprachlos macht. Die *Süddeutsche Zeitung* titelte in ihrer Wochenendausgabe vom 9./10. Januar 2016 mit einer Abbildung, in der eine schwarze Hand in einen weißen (weiblichen) Schritt fasst – Untertitel mit: »Auf Armlänge: Was tun mit den Männern, die Frauen sexuell belästigen?« Der *Focus* gestaltete das Cover seiner Ausgabe vom 9. Januar ähnlich: Dort ist eine weiße, blonde, schlanke Frau abgebildet, versehen mit

»schmutzigen« schwarzen Handabdrücken. Titel der Ausgabe ist: »Frauen klagen an. Nach den Sex-Attacken von Migranten: Sind wir noch tolerant oder schon blind?« Die Darstellung und Konstruktion der Kölner Ereignisse basierte in der politisch-medialen Debatte auf Pauschalisierungen gegenüber als migrantisch markierten Menschen, verbunden mit rassistisch-kolonialen Stereotypen. So wurden schon in der deutschen und der europäischen Kolonialgeschichte Schwarze Männer von den weißen Kolonisator_innen als bedrohlich und promisk konstruiert. Seit spätestens den 1980er Jahren ist analytisch klar, wie das Bild des »bedrohlichen« und »sexuell hyperaktiven« Schwarzen Mannes hergestellt wurde – und Frauen und Männer of Color in der *weißen* Mehrheitsgesellschaft zum Schweigen gebracht wurden. Im Band haben wir die rassistischen Zuschreibungen ausführlich behandelt.

Das koloniale Bild hat noch nicht ausgedient und es wird ständig aktualisiert – nicht erst seit Köln – gegen als migrantisch und muslimisch markierte Menschen gewendet. Deutlich wiesen Feminist_innen, häufig of Color, in Bezug auf die Köln-Debatte auf dieses rassistische Stereotyp hin. Sie forderten darüber hinaus, dass in der Bundesrepublik endlich über sexualisierte Gewalt gesprochen werden müsse, nicht erst wenn die Thematisierung sich rassistisch gegen als migrantisch/muslimisch markierte Menschen wenden lasse. Stefanie Lohaus und Anne Wizorek verwiesen etwa in ihrem Beitrag *Die Rape Culture wurde nicht nach Deutschland importiert – sie war schon immer da* auf stetige Belästigungen und sexualisierte Gewalt, die Frauen in Clubs und etwa auf dem Oktoberfest erfahren:

> »Bei allen Großereignissen, wie etwa dem Oktoberfest und dem Karneval, kommt es immer wieder zu sexuellen Übergriffen und auch Vergewaltigungen: ›Allein der kurze Weg zur Toilette ist der reinste Spießrutenlauf. Drei Umarmungen von wildfremden, besoffenen Männern, zwei Klapse auf den Hintern, ein hochgehobener Dirndlrock und ein absichtlich ins Dekolleté geschütteter Bierschwall sind die Bilanz von dreißig Metern‹, schrieben die Autorinnen Karoline Beisel und Beate Wild 2011 in der Süddeutschen Zeitung. Und weiter: ›Reagiert man abweisend, wird man auch schon mal als ›Schlampe‹ beschimpft – oder schlimmer.‹ Laut einem Artikel der taz werden im Schnitt allein zehn

> Vergewaltigungen pro Oktoberfest gezählt, die Dunkelziffer wird auf 200 geschätzt« (Lohaus & Wizorek, 2016).[15]

Rings um das Münchner Oktoberfest und andere Großveranstaltungen wurde die sexualisierte Gewalt nur vereinzelt in Zeitungsartikeln skandalisiert, geschweige denn, dass politische Maßnahmen zur Begrenzung der von (weißen) Männern gegen Frauen ausgeübten sexualisierten Gewalt ergriffen worden wären. Zur Skandalisierung sexualisierter Übergriffe wurde nun ein Ereignis genutzt, bei dem maßgeblich als migrantisch markierte Menschen beschuldigt werden konnten. Es wurde wieder eine Möglichkeit verpasst, in der weiß-deutschen Gesellschaft stattfindende sexualisierte Gewalt grundsätzlich zu thematisieren, stattdessen dienten die von sexualisierter Gewalt betroffenen Frauen in Köln den Scharfmachern und »Asylkritikern« von AfD, CDU und SPD nur als Anlass, um ihre Idee nationaler Abgrenzung und rassistischer Ausschlüsse kulminiert zum Ausdruck zu bringen. »Ein Anschlag hätte den Stoff der nationalen Aufregung ebenso liefern können, ein Kindsmord, irgendeine andere Tat«, urteilt *Der Spiegel* (Der Spiegel, 2016). Dass mittlerweile der Grundsatz »Nein heißt Nein« zumindest juristischer Leitgedanke werden könnte[16] (vgl. Deutscher Bundestag, 2016), ist gewiss ein Fortschritt – allerdings wurde auch die Anfang Juli 2016 mit Regierungsmehrheit getroffene Regelung mit einer weiteren Verschärfung des Asylrechts verkoppelt. In dem institutionellen Handeln zeigt sich in Kontinuität, wie sexualisierte Gewalt rassialisiert wird – und auf diese Weise eben nicht grundständig der deutsche sexistische gesell-

15 Nach der Veröffentlichung des Beitrags von Lohaus und Wizorek sah sich die Münchner Polizei genötigt, die Angaben des *taz*-Artikels rückwirkend zu relativieren: »2008 kam es den Behörden zufolge zu vier Vergewaltigungen, 2009 zu sechs, vorletztes Jahr zu zwei und dieses Jahr zum Glück nur zu einer versuchten Tat« (FAZ, 2016). Frauennotrufe und -projekte wiesen hingegen jährlich auf weit mehr sexuelle Übergriffe – hierzu zählen nicht ausschließlich vollendete Vergewaltigungen – hin: Im Jahr 2012 auf bereits 91 während der ersten Woche, 2013 waren es insgesamt 156 (vgl. SZ, 2012; Abendzeitung, 2014).

16 Damit steht noch aus, dass sich ein entsprechender gesellschaftlicher Konsens herausbildet und dass die Papierfassung auch tatsächlich leitend für juristische Prozesse wird. Bisher war es für die von sexualisierter Gewalt Betroffenen vor Gericht oft sehr schwierig, nachzuweisen, dass ihnen tatsächlich sexualisierte Gewalt widerfahren ist.

schaftliche Kontext angegangen wird. Auch mit der gesetzlichen Neuregung muss ein »Nein« gegenüber einem Gericht glaubhaft gemacht werden – und hierfür wäre es nötig, dass die Gesellschaft überhaupt erst einmal für sexistische Gewalt sensibilisiert ist und dass nicht einige Personengruppen unter Pauschalverdacht stehen, sexuell übergriffig oder sexuell promisker zu sein als andere. Oder: Wie kommen wir dorthin, dass ein »Nein« eines armen Menschen oder eines schwarzen Menschen in der deutschen Gesellschaft genauso geglaubt wird, wie einer aus der Mittel- oder Oberklasse stammenden weißen Person?

In unserem Buch wurde deutlich, wie weiße Schwule in den nationalen und rassistischen Aushandlungen mitmischen. Sie sind massiv an der Entgegenstellung »des Schwulen« gegen »den Muslim« beteiligt. Die Kölner Ereignisse nahm so das schwule Nachrichtenportal *Queer.de* zum Anlass in großem Maße und ethnisiert über sexualisierte Gewalt gegenüber Schwulen zu berichten (Queer.de, 2016a, 2016b, 2016c), ohne dabei – um wenigstens einigermaßen verantwortungsvoll zu sein – auch rassistische Gewalt zu thematisieren. Für weiteres Streiten ist es notwendig, dass sich weiße Schwule ihrer Eingebundenheit in Herrschaftsverhältnisse bewusst werden und diese reflektieren: Weiße Schwule sind diskriminiert aufgrund der sexuellen Orientierung, gleichzeitig stehen sie in Bezug auf das Geschlechterverhältnisse und Rassismus auf der Täterseite.

Warum dieses Buch, wo die Zeit des Schreibens doch nicht für das aktuell sehr nötige Streiten auf der Straße gegen Rassismus und Hass zur Verfügung steht? Wir denken, dass es für das aktuelle emanzipatorische Engagement notwendig ist, auch theoretische Gewissheiten zu gewinnen und zu erneuern. So hat die Durchsetzung weißer Dominanz in der »Queer-Community« und hat die sich aktuell darstellende Dominanz weißer Schwuler gegenüber armen Queers und solchen of Color einen Werdegang. Es lohnt sich, ihn zu reflektieren, gerade um aktuell Auswege finden zu können, die ein gemeinsames Streiten Marginalisierter ermöglichen und Privilegierten einen Zugang eröffnen, die eigene – dominante – Positionierung zu verstehen und die Kämpfe Marginalisierter zu unterstützen (und nicht zu dominieren).

Wir kommen bei unseren Untersuchungen zu dem Ergebnis, dass die Schaffung und Schärfung klarer Identitäten zentraler Bestandteil des Problems ist – und nicht Teil der Lösung. Erst dadurch, dass sexuelle Handlungen von den übrigen menschlichen Empfindlichkeiten losgelöst wurden und Menschen sich nun zwanghaft entlang der genitalen Betätigungen oder Vorlieben in Homosexuelle, Bisexuelle, Heterosexuelle und Asexuelle klassifizieren, gelingen starre Entgegensetzungen, die rassistisch oder auch zur Durchsetzung klarer Männlichkeits- und Weiblichkeitsbilder verwendet werden können. Ohne klare Identifizierung wären für Menschen Räume offen, ihre Nähe und Intimität situationsgemäß und im gemeinsamen Miteinander zu entwickeln. Eine »Freundschaft« könnte intim sein und dabei auch nicht sexuell – die Handelnden wären nicht der Bedrohung ausgesetzt, sich als »homosexuell« oder »heterosexuell« rechtfertigen zu müssen. Auch wären Heranwachsende nicht vor der Herausforderung, sich klar definieren zu müssen. Da Jugendliche auf der Suche nach Selbstverortung sind und sie sich in das gesellschaftliche Gefüge von »Homosexualität« und »Heterosexualität« mit ihrem Dazwischen »Bisexualität« einfügen müssen, können sie in ihnen unlösbar erscheinende Identitätskonflikte geraten. Das Bekennen »Ich bin so.« kann einigen bei der Konfliktbewältigung helfen, anderen schaden – für andere ist der Bekenntniszwang selbst ein Problem.

Unsere Argumentationsweise kann von emanzipatorischen Streitenden genutzt werden – wir haben versucht, sie entsprechend stark zu machen. Aber es liegt auch ein Problem darin, wenn man emanzipatorische Argumentationen stark macht, die die Entwicklungsfähigkeit geschlechtlich-sexueller Verortung behandeln. Denn neben dem emanzipatorischen Strang, der sich gegen die »Natürlichkeit« – im Sinne unveränderlicher Vorgegebenheit – von Begrenzungen gewendet hat (wir sehen diese Argumentation in den Kämpfen gegen Rassismus, gegen Geschlechter- und Klassenhierarchie), gibt es gerade in Bezug auf sexuelle Fragen einen rechten und rechtspopulistischen Strang, der sich gegen Argumentationen der »Natürlichkeit« insbesondere von »Homosexualität« wendet und Umpolungsversuchen das Wort redet und sie in der Vergangenheit und heute umgesetzt hat und umsetzt. Solche Ansicht gilt es zu bekämpfen! Wir möchten darauf hinaus, dass es um die geschlechtliche und sexuelle Selbstbestimmung von Menschen gehen muss und dass diese durch starre Kategorisierungen und Einordnungszwang behindert wird. Gleichzeitig bilden die europäischen geschlechtlichen und sexuellen Kategorisierungen die Basis dafür, dass Menschen mit von der gesellschaftlichen Norm abweichender Selbstdefinition verfolgt wurden und zum Teil verfolgt werden (sehen wir etwa auf die zunehmenden Restriktionen gegen HIV-positive und polizeilich in Gewahrsam genommene Männer). Die Verfolgung wird sich nicht grundlegend aufheben lassen, sofern die starren Identitäten erhalten bleiben, weil es bei Änderung politischer Kräfteverhältnisse leicht geschehen kann, dass auf Toleranz und Akzeptanz zielende Regelungen in Bezug auf eine Minderheit aufgehoben und durch einen restriktiven Umgang ersetzt werden können. Entsprechend sind legislative, statistische Maßnahmen, die die Menschen nach bestimmten Zuschreibungen/Kennzeichen – etwa rassistisch nach »Ethnie« oder sexistisch nach sexueller Orientierung – kartieren als problematisch zu bewerten.

Hingegen kann es hilfreich sein, die Einteilung in Mehrheit und Minderheit aufzuheben, indem man ihr die Basis entzieht. Für solch grundlegende gesellschaftliche Änderungen lässt sich von Ansätzen lernen, wie sie etwa von den Stonewall-Aktivistinnen Sylvia Rivera (1951–2002) und Marsha P. Johnson (1945–1992) vertreten wurden – und von den aktuellen Perspektiven, die internationales und intersektionales Reflektieren und Streiten stark machen.

Abbildungen

Abb. 1: Kinsey-Skala, orientiert an dem Geschlecht der SexualpartnerInnen der jeweiligen Person. http://www.sexarchive.info/GESUND/ARCHIV/DEUTSCH/kinsey.htm (10.09.2015).

Abb. 2: Plakat vom lesbisch-schwulen Stadtfest aus dem Jahr 2015. Queer.de (2015). Wirbel um lesbischen Kuss mit Kopftuch (Beitrag vom 31.05.2015). http://www.queer.de/bild-des-tages.php?einzel=1152 (27.10.2015).

Literatur

Abendzeitung (2014). Sexuelle Übergriffe auf dem Oktoberfest – An der Bavaria: Schutz vor Sex-Attacken. http://www.abendzeitung-muenchen.de/inhalt.sexuelle-uebergriffe-auf-dem-oktoberfest-an-der-bavaria-schutz-vor-sex-attacken.faf9b0c2-3964-4e5e-ab81-8c64204446df.html (14.07.2016).

Arendt, Hannah (2015 [1958]). *Vita activa oder Vom tätigen Leben.* München: Piper Verlag.

Attia, Iman (2009). *Die »westliche Kultur« und ihr Anderes. Zur Dekonstruktion von Orientalismus und antimuslimischem Rassismus.* Bielefeld: Transcript-Verlag.

Attia, Iman, Häusler, Alexander & Shooman, Yasemin (2014). *Antimuslimischer Rassismus am rechten Rand.* Münster: Unrast-Verlag.

Ausländerkomitee Berlin (West) e.V. (Hrsg.). (1981). Gast oder Last? Berichte zur Lage der Asylbewerber. Berlin: Express Edition.

Balibar, Étienne & Wallerstein, Immanuel (1992 [1988]). *Rasse – Klasse – Nation. Ambivalente Identitäten* (2. Auflage). Hamburg: Argument Verlag.

Bänziger, Peter-P. (2014). Vom Seuchen- zum Präventionskörper? Aids und Körperpolitik im deutschsprachigen Raum der 1980er Jahre. *body politics, 3*(1), 179–214.

Bänziger, Peter-P. & Çetin, Zülfukar (2016). Die Normalisierung eines Ausnahmezustands? Geschichten der Aids- und der Drogenthematik in Bundesrepublik Deutschland seit den 1980er Jahren. In Hannah Ahlheim (Hrsg.), *Gewalt, Zurichtung, Befreiung? Körperliche »Ausnahmezustände« 1880–2000.* Göttingen: Wallstein-Verlag (im Druck).

Bauer, Thomas (2011). *Die Kultur der Ambiguität. Eine andere Geschichte des Islams.* Berlin: Verlag der Weltreligionen im Insel Verlag.

BfV – Bundesamt für Verfassungsschutz (2015). Salafistische Bestrebungen. Inhalte und Ziele salafistischer Ideologie. http://www.verfassungsschutz.de/de/arbeitsfelder/af-islamismus-und-islamistischer-terrorismus/was-ist-islamismus/salafistische-bestrebungen (14.07.2016).

Billig, Susanne (2013). Rätselraten über die Homo-Liebe. In *Deutschlandradio Kultur* (Sendung vom 18.03.2013). http://www.dradio.de/dkultur/sendungen/kritik/2042518/ (14.07.2016).

Böhmelt, Agnes, Kämpf, Katrin M. & Mergl, Matthias (2012). Alles so schön bunt hier …?! Rassifizierte Diskurspraxen und Weißsein in »queeren« Zeiten. *Bulettin Texte, 36*, 5–24. https://www.gender.hu-berlin.de/publikationen/gender-bulletins/texte-36 (14.07.2016).

Brighenti, Andrea Mubi (2007). Visibility: A Category for the Social Sciences. In *Current Sociology, 55*(3), 323–342. Los Angeles u. a.: Sage Publications.

Brighenti, Andrea M. (2010). *Visibility in Social Theory and Social Research*. Basingstoke/Hampshire/New York: Palgrave Macmillan.

Deutscher Bundestag (2016). »Gesetzentwurf Verbesserung des Schutzes der sexuellen Selbstbestimmung«. Bundestags-Drucksache 18/8210. http://dip21.bundestag.de/dip21/btd/18/082/1808210.pdf (14.07.2016).

Bündnis 90/Die Grünen (2013). Gesellschaft, Gleichstellung, Kiezgespräche. Einladung zur Diskussion »Queer in Neukölln«. http://www.grueneneukoelln.de/neukoelln/aktuellemeldungen/einzelansicht/article/einladung-zur-diskussion-queer-in-neukolln.html?tx_ttnews[backPid]=273&cHash=2536271ae426502985c4731fbb188792 (07.01.2015).

Busch, Ulrike & Hahn, Daphne (2015). *Abtreibung. Diskurse und Tendenzen*. Bielefeld: Transcript-Verlag.

Casper, Johann L. (1852). Ueber Notzucht und Päderastie und deren Ermittelung seitens des Gerichtsarztes. *Vierteljahresschrift für gerichtliche Medicin (Berlin), Bd. 1*, 21–78. http://reader.digitale-sammlungen.de/de/fs1/object/display/bsb10290168_00025.html (14.07.2016).

Çetin, Zülfukar (2012). *Homophobie und Islamophobie – Intersektionale Diskriminierungen am Beispiel binationaler schwuler Paare in Berlin*. Bielefeld: Transcript-Verlag.

Çetin, Zülfukar (2015a). Alle Frauen sind weiß, Alle Schwarzen sind Männer, einige von uns sind aber mutig, in LSVD (Hrsg.), *Respekt statt Ressentiment. Strategien gegen die neue Welle von Homo- und Transphobie* (S. 32–34). https://www.lsvd.de/fileadmin/pics/Bilder/Veranstaltungen/Kongress/PDF_Dateien/Dokumentation_Kongress_2015_Respekt_statt_Ressentiment.pdf (14.07.2016).

Çetin, Zülfukar (2015b). Der Schwulenkiez. Homonationalismus und Dominanzgesellschaft. In Iman Attia, Swantje Köbsell & Nivedita Prasad (Hrsg.), *Dominanzkultur reloaded: Neue Texte zu gesellschaftlichen Machtverhältnissen* (S. 35–46). Bielefeld: Transcript-Verlag.

Çetin, Zülfukar (2016). The Dynamics of the Queer Movement. In *Turkey before and during the Conservative AKP Government*. Berlin: Stiftung Wissenschaft und Politik. http://www.swp-berlin.org/fileadmin/contents/products/arbeitspapiere/WP_RG_Europe_2016_01.pdf (14.07.2016).

Çetin, Zülfukar & Saadat-Lendle, Saideh (2014). Forschung und Soziale Arbeit zu Queer mit Rassismuserfahrungen. In Bundesstiftung Magnus Hirschfeld (Hrsg.), *Forschung im Queerformat. Aktuelle Beiträge der LSBTI*-, Queer- und Geschlechterforschung* (S. 233–250). Bielefeld: Transcript-Verlag.

Çetin, Zülfukar & Taş, Savaş (2014). Kontinuitäten einer Kooperation: Antimuslimischer Rassismus in Zivilgesellschaft, Wissenschaft und Staat. In Hafez, Farid (Hrsg.), *Jahrbuch für Islamophobieforschung* (S. 19–41). Wien: New Academic Press.

Çetin, Zülfukar, Voß, Heinz-Jürgen & Wolter, Salih A. (2012). *Interventionen gegen die deutsche »Beschneidungsdebatte«*. Münster: Edition Assemblage.

Çetin, Zülfukar & Wolter, Salih A. (2012). Fortsetzung einer »Zivilisierungsmission«: Zur deutschen Beschneidungsdebatte. In Zülfukar Çetin, Heinz-Jürgen Voß & Salih A. Wolter, *Interventionen gegen die deutsche »Beschneidungsdebatte«* (S. 15–50). Münster: Edition Assemblage.

Dawson, James (2015). *How to Be Gay. Alles über Coming-out, Sex, Gender und Liebe.* Frankfurt am Main: S. Fischer Verlag.

Der Spiegel (2016): Auf der Kippe: Wie die Silvesternacht Deutschland verändert. Heft 2 (2016), S. 11.

Die Linke/Bezirksverband Neukölln (2012). Ist Neukölln homophober als Schöneberg? Veranstaltungsankündigung. http://www.die-linke-neukoelln.de/nc/politik/termine/detail/zurueck/termine-2/artikel/ist-neukoelln-homophober-als-schoeneberg-1/ (14.07.2016).

Dietze, Gabriele (2009): Okzidentalismuskritik. Möglichkeiten und Grenzen einer Forschungsperspektivierung. In Gabriele Dietze, Claudia Brunner & Edith Wenzel (Hrsg.), *Kritik des Okzidentalismus. Transdisziplinäre Beiträge zu (Neo-)Orientalismus und Geschlecht* (S. 23–54). Bielefeld: Transcript-Verlag.

Dietze, Gabriele, Haschemi Yekani, Elahe & Michaelis, Beatrice (2012). Queer und Intersektionalität. http://www.portal-intersektionalität.de (07.01.2015).

Duden, Barbara (1987). *Geschichte unter der Haut: Ein Eisenacher Arzt und seine Patientinnen.* Stuttgart: Klett-Cotta Verlag.

Duden, Barbara (1991). *Der Frauenleib als öffentlicher Ort: Vom Mißbrauch des Begriffs Leben.* Hamburg u. a.: Luchterhand Literaturverlag.

Duden, Barbara (2002). *Die Gene im Kopf – der Fötus im Bauch: Historisches zum Frauenkörper.* Hannover: Offizin Verlag.

Duggan, Lisa (2002). The New Homonormativity: The Sexual Politics of Neoliberalism. In Russ Castronovo & Dana D. Nelson (Hrsg.), *Materializing Democracy. Toward a Revitalized Cultural Politics* (S. 175–194). Durham: Duke University Press.

Erdem, Esra (2009). In der Falle einer Politik des Ressentiments: Feminismus und die Integrationsdebatte. In Sabine Hess, Jana Binder & Johannes Moser (Hrsg.), *No Integration?! Kulturwissenschaftliche Beiträge zur Integrationsdebatte in Europa* (S. 187–202). Bielefeld: Transcript-Verlag.

Fanon, Frantz (1981 [1961]). *Die Verdammten dieser Erde.* Frankfurt am Main: Suhrkamp Taschenbuch Wissenschaft.

FAZ – Frankfurter Allgemeine Zeitung (2016). Lügenzahl vom Oktoberfest. http://www.faz.net/aktuell/feuilleton/debatten/die-uebergriffe-in-koeln-und-falsche-zahlen-von-der-wiesn-14004617.html (14.07.2016).

Feddersen, Jan (2003). Was guckst du? Bist du schwul? In *taz Magazin* (08.11.2003). http://www.taz.de/1/archiv/?dig=2003/11/08/a0081 (14.07.2016).

Feddersen, Jan (2004). Ende wattierter Vorsicht. In *taz Magazin*, Nr. 7387 (19.06.2004). http://www.cultpress.de/alexzinn_dateien/taz_fed_islam.htm (14.07.2016).

Foucault, Michel (1983 [1976]). *Sexualität und Wahrheit, Bd. 1: Der Wille zum Wissen.* Frankfurt am Main: Suhrkamp Taschenbuch Wissenschaft.

Friedrich, Sebastian & Schultes, Hannah (2012). Bedrohung Salafismus? Aktuelle Debatte in Deutschland bedient antimuslimischen Rassismus und nützt dem Verfassungsschutz. *RLS, Standpunkte, 15/2012.* http://www.rosalux.de/fileadmin/rls_uploads/pdfs/Standpunkte/Standpunkte_15-2012.pdf (14.07.2016).

Gall, Franz J. (1835 [1825]). *On the Functions of the Brain and of Each of Its Parts …, 3.* Teilw. übers. von Winslow Lewis. Boston: Capen & Lyon.

Gayhane (2016): – House of Halay. http://so36.de/events/gayhane-house-of-halay-6/ (20.08.2016).

GLADT (2009). Religion und Homosexualität im Kontext von Rassismus. Zu den Erklärungen muslimischer Organisationen zur Homosexualität und ihrer Einsetzbarkeit im Kampf gegen Homophobie aus emanzipatorischer Perspektive. http://salihalexanderwolter.de//wp-content/uploads/2012/06/Religion_Homosexualit%C3%A4t_Rassismus_200909_01.pdf (14.07.2016).

GLADT (2015). Kreuzberg und Wedding sind keine Kurzzeit-Bühne für Maneos einstündige Inszenierung von farbenfroher Weltoffenheit. Pressemitteilung vom 13. Mai 2015.

Goldschmidt, Richard B. (1911). *Einführung in die Vererbungswissenschaft – in zwanzig Vorlesungen für Studierende, Ärzte, Züchter.* Leipzig: Wilhelm Engelmann.

Goldschmidt, Richard B. (1916). Die biologischen Grundlagen der konträren Sexualität und des Hermaphroditismus beim Menschen. *Archiv für Rassen- und Gesellschaftsbiologie einschließlich Rassen- und Gesellschaftshygiene, 12*(1), 1–14.

Gould, Stephen J. (1983 [1981]). *Der falsch vermessene Mensch.* Basel u. a.: Birkhäuser Verlag.

Gutiérrez Rodriguez, Encarnación (2006). Beitrag zum virtuellen Seminar »Interdependenzen-Geschlecht, Ethnizität und Klasse«, Ethnisierung und Vergeschlechtlichung Revisited oder über Rassismus im neoliberalen Zeitalter. http://www.academia.edu/3174402/Ethnisierung_und_Vergeschlechtlichung_Revisited_oder_%C3%BCber_Rassismus_im_neoliberalen_Zeitalter (14.07.2016).

Güleç, Ayşe (2015). Fordern, überfordern, verweigern. Bild- und Raumpolitik(en) in der Migrationsgesellschaft. In Zülfukar Çetin & Savaş Taş (Hrsg.), *Gespräche über Rassismus. Perspektiven & Widerstände* (S. 189–216). Berlin: Verlag Yılmaz-Günay.

Haeberle, Erwin J. (1993). Alfred C. Kinsey. In Rüdiger Lautmann (Hrsg.), *Homosexualität – Handbuch der Theorie- und Forschungsgeschichte* (S. 230–238). Frankfurt am Main u. a.: Campus Verlag.

Hagner, Michael (1997). *Homo cerebralis. Der Wandel vom Seelenorgan zum Gehirn.* Berlin: Berlin Verlag.

Hall, Stuart (1992). The west and the rest: discourse and power. In Stuart Hall & Bram Gieben (Hrsg.), *Formations of Modernity* (S. 275–331). Cambridge.

Hamer, Dean H., Hu, Stella, Magnuson, Victoria L., Hu, Nan & Pattatucci, Angela M. (1993). A linkage between DNA markers on the X chromosome and male sexual orientation. *Science, 261*(5119), 321–327.

Hamer, Dean H. & Copeland, Peter (1994). *The Science of Desire: The Search for the Gay Gene.* New York: Simon & Schuster.

Haritaworn, Jin (2005). Am Anfang war Audre Lorde. Weißsein und Machtvermeidung in der queeren Ursprungsgeschichte. *Femina politica, 14*(1), 23–36.

Haritaworn, Jin (2009). Kiss-ins und Dragqueens: Sexuelle Spektakel von Kiez und Nation. In AG Queer Studies (Hrsg.), *Verqueerte Verhältnisse. Intersektionale, ökonomiekritische und strategische Interventionen* (S. 41–61). Hamburg: Männerschwarm Verlag.

Haritaworn, Jin, Erdem, Esra, Tauqir, Tamsila & Petzen, Jen (2007). Internationalismus oder Imperialismus? Feministische und schwul-lesbische Stimmen im ›Krieg gegen den Terror‹. *Frauensolidarität, 2/2007.* http://www.frauensolidaritaet.org/images/doku/fs_100haritaworn.pdf (14.07.2016).

Haritaworn, Jin, Tauqir, Tamsila & Erdem, Esra (2014 [2006]). Queer-Imperialismus: Eine Intervention in die Debatte über »muslimische Homophobie«. In Koray Yılmaz-Günay (Hrsg.), *Karriere eines konstruierten Gegensatzes: zehn Jahre »Muslime versus Schwule«* (S. 51–68). Münster: Edition Assemblage.

Hartmann, Heinrich (2011). *Der Volkskörper bei der Musterung: Militärstatistik und Demographie in Europa vor dem Ersten Weltkrieg.* Göttingen: Wallstein Verlag.

Heywinkel, Mark (2015). Homophobie im Flüchtlingsheim: Jouanna Hassoun hilft queeren Asylbewerbern (17.08.2015). http://ze.tt/homophobie-im-fluechtlingsheim-jouanna-hassoun-hilft-queeren-asylbewerbern/ (14.07.2016).

Hirschfeld, Magnus (1914). *Die Homosexualität des Mannes und des Weibes.* Berlin: Louis Marcus Verlagsbuchhandlung.

Hirschfeld, Magnus (1926–1930). *Geschlechtskunde. Band I bis V.* Stuttgart: Julius Püttmann.

Hirschfeld, Magnus (1993 [1907]). Nachwort. In N. O. Body & Hermann Simon (1993), *Aus eines Mannes Mädchenjahren.* Berlin: Hentrich Verlag.

Hoyer, Niels (1954 [1932]). *Wandlung. Eine Lebensbeichte.* Stuttgart: Tauchnitz Verlag.

Karakaşlı, Karin (2014). Der Tropfen zum Überlaufen. In Sabine Adatepe (Hrsg.), *Gezi – Eine literarische Anthologie* (S. 105–112). Berlin: Binooki.

Kittel, Sören (2013). Das traditionsreiche »SchwuZ« zieht nach Neukölln um. *Berliner Morgenpost* (Beitrag vom 23.10.2013). http://www.morgenpost.de/bezirke/neukoelln/article121129095/Das-traditionsreiche-SchwuZ-zieht-nach-Neukoelln-um.html (14.07.2016).

Klauda, Georg (2008). *Die Vertreibung aus dem Serail: Europa und die Heteronormalisierung der islamischen Welt.* Hamburg: Männerschwarm Verlag.

Klöppel, Ulrike (2010). *XX0XY ungelöst: Hermaphroditismus, Sex und Gender in der deutschen Medizin. Eine historische Studie zur Intersexualität.* Bielefeld: Transcript-Verlag.

Krause, Daniel (2014). *Allahs ungeliebte Kinder – Lesben und Schwule im Islam.* Osnabrück: Hintergrund-Verlag.

Krause, Daniel (2013). *Als Linker gegen Islamismus – Ein schwuler Lehrer zeigt Courage.* Radolfzell: Verlag HJB-Fakten.

Kraushaar, Elmar (2015). GLADT e.V. versus Maneos Kiss-In. Ein Kommentar (Beitrag vom 14.05.2015). http://www.siegessaeule.de/no_cache/newscomments/article/2021-gladt-ev-versus-maneos-kiss-in.html (14.07.2016).

Krolzik-Matthei, Katja (2015). *§218 – Feministische Perspektiven auf die Abtreibungsdebatte in Deutschland.* Münster: Unrast Verlag.

Laqueur, Thomas (2008 [2004]). *Die einsame Lust. Eine Geschichte der Selbstbefriedigung.* Hamburg: Osburg Verlag.

LesMigraS (2015). Pressemitteilung. Politik ist mehr als ein Name Statement zur Umbenennung des Berliner CSD in Stonewall. http://www.lesmigras.de/statement-zur-umbenennung-des-csd.html (14.07.2016).

LeVay, Simon (1996). *Queer Science: The Use and Abuse of Research into Homosexuality.* Cambridge: MIT Press.

Lohaus, Stefanie & Wizorek, Anne (2016). Die Rape Culture wurde nicht nach Deutschland importiert – sie war schon immer da. http://www.vice.com/

de/read/die-rape-culture-wurde-nicht-nach-deutschland-importiert-sie-war-schon-immer-da-aufschrei–118 (14.07.2016).

Loy, Thomas (2013). Jung und studentisch im Norden, alt und familiär im Süden (03.09.2013). http://www.tagesspiegel.de/berlin/berlins-wahlkreis-neukoelln-im-blick-jung-und-studentisch-im-norden-alt-und-familiaer-im-sueden/8687900.html (14.07.2016).

Magnus Hirschfeld Gesellschaft (2015). Institut für Sexualwissenschaft (1919–1933). http://magnus-hirschfeld.de/ausstellungen/institut-fur-sexualwissenschaft-1919-1933/ (14.07.2016).

Maneo (2015). »I kiss kiss Berlin«. http://www.maneo.de/kampagne/kiss-kiss-berlin.html (14.07.2016).

Maneo (2009). Gewalterfahrungen von schwulen und bisexuellen Jugendlichen und Männern in Deutschland. Ergebnisse der MANEO-Umfrage 2 (2007/2008). http://www.maneo-toleranzkampagne.de/pdf/maneo-umfrage2-bericht.pdf (12.12.2015).

Migration & Bevölkerung (2006). Deutschland: Streit um Einbürgerungsleitfaden. http://www.migration-info.de/artikel/2006-02-20/deutschland-streit-um-einbuergerungsleitfaden (14.07.2016).

MRBB – Migrationsrat Berlin-Brandenburg (2010). Stellungnahme zum diesjährigen lesbisch-schwules Stadtfest. http://www.migrationsrat.de/index.php?option=com_content&view=article&id=305:stellungnahme-zum-diesjaehrigen-lesbisch-schwules-stadtfest&catid=4:pressemitteilungen&Itemid=4 (14.07.2016).

Mildenberger, Florian (2002). *… in der Richtung der Homosexualität verdorben: Psychiater, Kriminalpsychologen und Gerichtsmediziner über männliche Homosexualität 1850–1970.* Hamburg: Männerschwarm Verlag.

Mittwoch, Ursula (2000). Three thousand years of questioning sex determination. *Cytogenetics and Cell Genetics, 91*(1–4), 186–191.

Müller, Klaus (1993a). Die unmittelbare Vorgeschichte: Heinrich Hössli. In Rüdiger Lautmann (Hrsg.), *Homosexualität: Handbuch der Theorie- und Forschungsgeschichte* (S. 13–18). Frankfurt am Main u. a.: Campus Verlag.

Müller, Klaus (1993b). Johann Ludwig Casper. In Rüdiger Lautmann (Hrsg.), *Homosexualität: Handbuch der Theorie- und Forschungsgeschichte* (S. 29–31). Frankfurt am Main u. a.: Campus Verlag.

Neugebauer, Franz L. von (1908). *Hermaphroditismus beim Menschen.* Leipzig: Dr. Werner Klinkhardt.

Nicolis, Gregoire & Prigogine, Ilya (1987). *Die Erforschung des Komplexen. Auf dem Weg zu einem neuen Verständnis der Naturwissenschaften.* München: Piper.

Nieden, Susanne zur (2005). Erbbiologische Forschungen zur Homosexualität an der Deutschen Forschungsanstalt für Psychiatrie während der Jahre des Nationalsozialismus. Zur Geschichte von Theo Lang. Ergebnisse 15. Vorabdrucke aus dem Forschungsprogramm »Geschichte der Kaiser-Wilhelm-Gesellschaft im Nationalsozialismus«, Berlin. http://www.mpiwg-berlin.mpg.de/KWG/publications.htm (14.07.2016).

Oesterle-Schwerin, Jutta (1991). Assimilation oder Emanzipation? In Klaus Laabs (Hrsg.), *Lesben. Schwule. Standesamt. Die Debatte um die Homoehe* (S. 28–38). Berlin: CH. Links Verlag.

Opitz [Ayim], May (1997 [1986]). Rassismus, Sexismus und vorkoloniales Afrikabild in Deutschland. In Katharina Oguntoye, May Opitz [Ayim] & Dagmar Schultz (Hrsg.), *Farbe bekennen: Afro-deutsche Frauen auf den Spuren ihrer Geschichte* (S. 17–64). Frankfurt am Main: Fischer Taschenbuch.

Peters, Kathrin (2009). *Rätselbilder des Geschlechts – Körperwissen und Medialität um 1900.* Zürich u.a.: Diaphenes Verlag.

Prasad, Nivedita (2014). Rassistische Feminismen: Wirkmächtigkeit hegemonial feministischer Akteurinnen im migrationspolitischen Diskurs. In Sara Poma Poma & Katharina Pühl (Hrsg.), *Perspektiven auf asiatische Migration. Transformationen der Geschlechter und Arbeitsverhältnisse* (S. 96–101). http://www.rosalux.de/fileadmin/rls_uploads/pdfs/rls_papers/Papers_Asian_Migration.pdf (14.07.2016).

Puar, Jasbir K. (2008 [2007]). *Terrorist Assemblages: Homonationalism in Queer Times.* Durham: Duke University Press.

Puar, Jasbir K. (2013). Homonationalism As Assemblage: Viral Travels, Affective Sexualities. In *Jindal Global Law Review, 4*(2), S. 23–43.

Queer.de (2014). Gegen das System Berger! (06.12.2014). http://www.queer.de/detail.php?article_id=22832 (Beitrag vom 14.07.2016).

Queer.de (2015). Wirbel um lesbischen Kuss mit Kopftuch (Beitrag vom 31.05.2015). http://www.queer.de/bild-des-tages.php?einzel=1152 (14.07.2016).

Queer.de (2016a). Mutmaßlicher Täter festgenommen: 16-Jähriger im Wolfsburger Rathaus vergewaltigt. http://www.queer.de/detail.php?article_id=25344 (14.07.2016).

Queer.de (2016b). Täter flüchtig: Homophober Überfall auch in Düsseldorf. http://www.queer.de/detail.php?article_id=25353 (14.07.2016).

Queer.de (2016c). Nach Überfall auf schwules Paar – Freiburg: 800 demonstrieren gegen homophobe Gewalt. http://www.queer.de/detail.php?article_id=25359 (14.07.2016).

Raab, Heike (2009). *Sexual Politics, juridische Emanzipationsdiskurse und Staat.* Wien: Universität. http://othes.univie.ac.at/5804/ (14.07.2016).

Reck, Norbert (2007). Befreiung von der Homosexualität. In memoriam Guy Hoquenghem (1946–1988). *Werkstatt schwule Theologie (WeSTh), 14*(2/2007), 165–185. http://www.archiv.westh.de/Werkstatt-Hefte/2007-2_165-185_Reck_.pdf (14.07.2016).

Reiche, Reimut (2014). Die Figuration der sexuellen Grenze. In Agatha Merk (Hrsg.), *Cybersex: Psychoanalytische Perspektiven* (S. 207–228). Gießen: Psychosozial-Verlag.

Reutter, Otto (2008 [1908]). Das Hirschfeld-Lied. Auf Various Artists (Hrsg.), *Schwule Lieder – Perlen der Kleinkunst, CD 1* [CD]. Hamburg: Baierle records.

Rice William R., Friberg, Urban & Gavrilets, Sergey (2012). Homosexuality as a Consequence of Epigenetically Canalized Sexual Development. *The Quarterly Review of Biology, 87*(4), 343–368.

Rommelspacher, Birgit (1995). *Dominanzkultur. Texte zu Fremdheit und Macht.* Berlin: Orlanda-Verlag.

Rommelspacher, Birgit (2006). Interdependenzen: Geschlecht, Klasse und Ethnizität. Beitrag zum virtuellen Seminar Mai 2006. http://www.birgit-rommelspacher.de/intedependenzen.pdf (14.07.2016).

Rommelspacher, Birgit (2009a). Feminismus und kulturelle Dominanz. Kontroversen um die Emanzipation der muslimischen Frau. In Sabine Berghahn & Petra

Rostock (Hrsg.), *Der Stoff, aus dem Konflikte sind: Debatten um das Kopftuch in Deutschland, Österreich und der Schweiz.* Bielefeld: Transcript-Verlag.

Rommelspacher, Birgit (2009b). Was ist eigentlich Rassismus? In Claus Melter & Paul Mecheril (Hrsg.), *Rassismuskritik, Rassismustheorie und -forschung* (S. 25–38). Schwalbach: Wochenschau Verlag.

Said, Edward W. (2003 [1978]). *Orientalism: Western Conceptions of the Orient.* London: Penguin Classics.

Sänger, Eva (2011). Sonograms that matter: Zur Sichtbarmachung des Fötus in der Schwangerschaft. In Elvira Scheich & Karen Wagels (Hrsg.), *Körper Raum Transformation: gender-Dimensionen von Natur und Materie* (S. 123–141). Münster: Westfälisches Dampfboot.

Schmitz, Sigrid (2004). Wie kommt das Geschlecht ins Gehirn? Über den Geschlechterdeterminismus in der Hirnforschung und Ansätze zu seiner Dekonstruktion. *Forum Wissenschaft, 4/2004.* http://www.linksnet.de/en/artikel/19193 (14.07.2016).

Schoppmann, Claudia (1991). *Nationalsozialistische Sexualpolitik und weibliche Homosexualität.* Pfaffenweiler: Centaurus Verlag.

Schulze, Micha (2014). Trolle bitte nicht füttern! (Beitrag vom 26.11.2014). http://www.queer.de/detail.php?article_id=22768 (14.07.2016)

SchwuZ (2015): Webseite des Vereins. http://www.schwuz.de/de/schwuz/Geschichte.html (06.01.2015).

Sedgwick, Eve K. (1990). *Epistemology of the Closet.* Berkeley & Los Angeles: University of California Press.

Şehitlik-Moschee (2014). Pressemitteilung vom 20.11.2014. http://www.sehitlik-camii.de/?page_id=55&lang_id=0 (14.07.2016).

Shooman, Yasemin (2014). *»… weil ihre Kultur so ist«. Narrative des antimuslimischen Rassismus.* Bielefeld: Transcript-Verlag.

Sigusch, Volkmar (2000). *Karl Heinrich Ulrichs: Der erste Schwule der Weltgeschichte.* Hamburg: Männerschwarm Verlag.

Simon, Bernd (2008). »Einstellungen zur Homosexualität: Ausprägungen und psychologische Korrelate bei Jugendlichen ohne und mit Migrationshintergrund (ehemalige UdSSR und Türkei)«. *Zeitschrift für Entwicklungspsychologie und Pädagogische Psychologie, 40*(2), 87–99.

Simon, Hermann (1993). Wer war N.O. Body? In N.O. Body & Hermann Simon (Hrsg.), *Aus eines Mannes Mädchenjahren* (S. 167–246). Berlin: Hentrich Verlag.

Simon, Hermann (2004). N.O. Body. Aus eines Mannes Mädchenjahren. In Elke-Vera Kotowski & Julius H. Schoeps (Hrsg.), *Magnus Hirschfeld – ein Leben im Spannungsfeld von Wissenschaft, Politik und Gesellschaft* (S. 241–252). Berlin: be.bra wissenschaft verlag GmbH.

Steffens, Melanie (2010). Doppelt diskriminiert oder gut integriert? Zur Lebenssituation von Lesben und Schwulen mit Migrationshintergrund. In *LSVD.* http://www.migrationsfamilien.de/pdf/Studie_Jena.pdf (20.08.2016).

Suspect (2010a). Ganz normal: Die Geschichte des Homonationalismus in Deutschland. In MRBB (Hrsg.), *Leben nach Migration. SPECIAL: Homophobie und Rassismus.* http://www.migrationsrat.de/dokumente/pressemitteilungen/MRBB-NL-2010-special-Leben%20nach%20Migration.pdf (14.07.2016).

Suspect (2010b). Judith Butler lehnt Berlin CSD Zivilcouragepreis ab! Presseerklärung von SUSPECT am 19. Juni 2010. http://nohomonationalism.blogspot.de/2010/06/judith-butler-lehnt-berlin-csd.html (14.07.2016).

SZ – Süddeutsche Zeitung (2012). Sexuelle Übergriffe auf dem Oktoberfest: Helfer stoßen an ihre Grenzen. http://www.sueddeutsche.de/muenchen/sexuelle-uebergriffe-auf-dem-oktoberfest-helfer-stossen-an-ihre-grenzen-1.1484407 (14.07.2016).

Tauber, Peter (2015). Leitkultur ist … »Dass sich zwei Männer auf der Straße ganz selbstverständlich küssen«. In *Cicero* (Beitrag vom 18.11.2015). http://www.cicero.de/leitkultur-peter-tauber/60133 (14.07.2015).

Tsianos, Vassilis (2013). Urbane Paniken: Zur Entstehung des antimuslimischen Urbanismus. In Duygu Gürsel, Zülfukar Çetin & Allmende e.V. (Hrsg.), *Wer MACHT Demokratie? Kritische Beiträge zu Migration und Machtverhältnissen* (S. 22–43). Münster: Edition Assemblage.

Tsianos, Vassilis (2014). Homonationalismus und New Metropolitan Mainstream. Gentrifizierungsdynamiken zwischen sexuellen und postsäkularen Politiken der Zugehörigkeit. *Sub\Urban. Zeitschrift für Kritische Stadtforschung, 2*(3), 59–80. http://zeitschrift-suburban.de/sys/index.php/suburban/article/view/156 (14.07.2016).

Ulrichs, Karl H. (1994 [1864]). *Forschungen über das Räthsel der mannmännlichen Liebe. Neuausgabe in 4 Bänden.* Berlin: Verlag rosa Winkel.

Uni Ulm (2015). Einführung in die Quantentheorie. https://www.uni-ulm.de/fileadmin/website_uni_ulm/nawi.inst.251/Didactics/quantenchemie/html/inhalt.html (14.07.2016).

Voß, Heinz-Jürgen (2010). *Making Sex Revisited: Dekonstruktion des Geschlechts aus biologisch-medizinischer Perspektive.* Bielefeld: Transcript-Verlag.

Voß, Heinz-Jürgen (2011). *Geschlecht: Wider die Natürlichkeit.* Stuttgart: Schmetterling Verlag.

Voß, Heinz-Jürgen (2013a). *Biologie & Homosexualität: Theorie und Anwendung im gesellschaftlichen Kontext.* Münster: Unrast Verlag.

Voß, Heinz-Jürgen (2013b). Epigenetik und Homosexualität. http://heinzjuergenvoss.de/Voss_2013_Epigenetik_und_Homosexualitaet__.pdf (14.07.2016).

Voß, Heinz-Jürgen (2013c). Homo-Ehe oder Solidaritätsvertrag? *PROKLA – Zeitschrift für kritische Sozialwissenschaft, Nr. 173*(43, 4), 615–629. http://heinzjuergenvoss.de/Voss_2013_Homo-Ehe_Solidaritaetsvertrag_.pdf (14.07.2016).

Voß, Heinz-Jürgen & Wolter, Salih A. (2013). *Queer und (Anti-)Kapitalismus.* Stuttgart: Schmetterling Verlag.

Voß, Heinz-Jürgen (2014). »Der Mann« und Männlichkeiten in ihrer Einbindung in Herrschaftsverhältnisse. *Swissfuture, 1*(2014), 29–31. http://heinzjuergenvoss.de/Voss_2014_die_Zukunft_des_Mannes_.pdf (14.07.2016).

Weiß, Volker (2004). Angeboren, Natürlich, Normal? Biologische Theorien zwischen Diskriminierung von Homosexualität und homosexueller Emanzipation. In Smilla Ebeling, Volker Weiß (Hrsg.), *Von Geburt an homosexuell? Biologische Theorien über Schwule und Lesben. Reinhausen bei Göttingen* (S. 9–69). Waldschlösschen Verlag.

Weller, Konrad (2013). PARTNER 4 – Sexualität & Partnerschaft ostdeutscher Jugendlicher im historischen Vergleich (Handout zum Symposium an der HS Merseburg am 23. Mai 2013). Merseburg: Institut für Angewandte Sexualwissenschaft.

Whitehead, Alfred N. (1988 [1925]). *Wissenschaft und moderne Welt.* Frankfurt am Main: Suhrkamp Taschenbuch Wissenschaft.

Wierth, Alke (2014). Moschee: nur was für Heteros. In *taz* (Beitrag vom 16.11.2014). http://www.taz.de/!149614/ (06.01.2015)

Winter, Sebastian (2013). *Geschlechter- und Sexualitätsentwürfe in der SS-Zeitung »Das Schwarze Korps« – Eine psychoanalytisch-sozialpsychologische Studie.* Gießen: Psychosozial-Verlag.

Wolter, Salih A. (2014 [2011]). Ist Krieg oder was? Queer Nation Building in Berlin-Schöneberg. In Koray Yılmaz-Günay (Hrsg.), *Karriere eines konstruierten Gegensatzes: Zehn Jahre »Muslime versus Schwule«. Sexualpolitiken seit dem 11. September 2001* (S. 15–24). Münster: Edition Assemblage.

Yılmaz-Günay, Koray (Hrsg.). (2014 [2011]). *Karriere eines konstruierten Gegensatzes: zehn Jahre »Muslime versus Schwule«. Sexualpolitiken seit dem 11. September 2001.* Münster: Edition Assemblage.

Yılmaz-Günay, Koray & Wolter, Salih A. (2013). Pink Washing Germany? Der deutsche Homonationalismus und die »jüdische Karte«. In Duygu Gürsel, Zülfukar Çetin & Allmende e.V. (Hrsg.). *Wer MACHT Demo_kratie? Kritische Beiträge zu Migration und Machtverhältnissen* (S. 60–75). Münster: Edition Assemblage. http://salihalexanderwolter.de/wp-content/uploads/2012/10/Pink-Washing-Germany_-Der-deutsche-Homonationalismus-und-die-j%C3%BCdische-Karte.pdf (14.07.2016)